KB054393

작가의 객석

강병철
에세이

작가의
객석

삼창

책을 펴내며

인연의 끈으로 글을 묶는다.

뜨악했던 관계망들은 거리를 벌리며 조심스레 엮었고 가까운 벗들은 방심한 채 덧칠하기도 했다. 그 벗들의 그늘에서 멍든 상처 삭히다가 등이 굽고 잇몸이 허물어졌다.

언제부터였나, 난세에 익숙해졌다.

벼랑 끝 스크린을 의연한 척 지켜보다가 밤이 되면 비로소 나 홀로 주전자 뚜껑 굴리며 새가슴 쓸어 담는 스크린이 그것이다. 등짐 진 계단에 서서 耳順의 사연들을 가랑이 사이로 흘려보내다가 술이 없는 날을 골라 컴퓨터 자막에 빠졌다. 수렁에 빠질 때마다 글이 나를 버티게 해주는 무기가 되었음은 따로 밝혀야 할 것 같다.

무심했던 이웃의 수맥 같은 은총에 새도록 사무치기도 했고 가까운 벗들의 송곳에 섬찟하면서 대나무 속처럼 고독했음도 밝힌다. 만남의 깊이만큼 두려움이 깊어지는 것이니 그게 이별 연습일까, 가끔은 어둠에 파묻힐 때가 가장 편안했음도 따로 밝힌다. 시베리아 눈보라 순식간에 걷히더니 어느새 생강나무 꽃 피는 봄날이다.

2017년 산수유 노란 빛깔 번지던 봄날 강병철

차
례

중호야 인나,
녹두꽃이 폈어야

87년 그해 '6월 항쟁'이었으니 나의 해직교사 입문 두 해째,

동아일보 출판부에 임시직으로 비벼 살다가 월간 『신동아』로 자리를 옮기며 '조직의 쓴맛'을 톡톡히 접할 즈음이다. 외근에서 돌아오는 취재기자들의 몸에서 쏟아지는 최루탄 냄새 맡으며 '시국과 밥줄'의 간극을 폭폭하게 체득하던 신산의 청춘 그 와중이다.

밤꽃 피는 유월 어느 오후였던가.

사회학과 서 교수의 원고를 받으러 연세대 신촌 캠퍼스에 출타 나갔다가 교문을 사이에 둔 연세대생과 전경들의 투석전을 만나게 되었다. 그리고 라일락 향기를 최루탄 그물망으로 폭삭 덮어버린 자욱한 교정의 풍경이 슬프게 펼쳐지는 것이다. 절뚝이는 사내들을 부축하는 여대생들의 눈빛이 호수처럼 출렁여서, 그 와중에도 젊은 청춘들의 우정이 눈물겹게 비쳤던가. 그리고 시위대 저지선 대열 뒤쪽에서 이마빡

깨진 채 누워있는 전경들의 모습이 문득 아리고 시리게 보이는 것이다. 시국이 아파서 가슴이 아팠던 그 시대의 기억들.

윤중호와 동거하던 흑석동 시절이었고 전투경찰 복장을 떠올리며 옛 출판쟁이 조성일을 화두로 꺼내는 이유이다.

윤중호와 조성일.

그들은 유신의 절정인 1979년 '부마항쟁' 시위 진압을 맡은 기동타격대 말단 소속이었다. 고참들이 으르렁거리며 시뻘건 눈빛으로 집합시키면 모두 사시나무 떨 듯 오그라들던 쫄병 시절부터 시작되었다. 좌우지간 쫄따구들은 싸이렌 소리만 울리면 시불시불 총알처럼 튀어나가며 박으라면 박고 까라면 까야 했다. 집합 빠따는 조성일이 어지간히 버텼고 입식 상태에서 샌드백처럼 맞는 건 윤중호가 더 잘 버텼다.

그러다가 가투에 들어가면 전경들 모두 온몸이 예민한 촉수로 뾰족뾰족 쏠렸다. 시위대 쪽에선 전투복들이 바퀴벌레 군단처럼 무표정하게 최루탄이나 쏘는 무리로 보이겠지만 정작 전경들도 외로운 승냥이 솜털로 바짝 곤두세울 수밖에 없었다. 그리고 같은 배달의 젊은이끼리 최루탄과 화염병 사이로 백병전에 돌입하듯 눈에 불을 켜는 것이다.

가로등 불빛도 꺼진 폐허 같은 도심지.

앞이 보이지 않는 시가전, 우군이 전혀 없는 '나 홀로 출정식', 달달한 휴식의 찰나에 '비상 싸이렌' 소리가 지쳐버린 전투복들의 뚜껑을 열리게 만든다. 하여, 5분대기조 출정병들은 그렇게 달달 볶이면서 야수 기질로 변신하는 것이다. 게다가 고참들이 쫄따구들만 닦달하니 그게 시위대에 대한 증오심을 증폭시키는 이유다. 그래서일까. 특히 밤의 출정식은 더 리얼했다. 빌딩 꼭대기에서 화분이나 의자가 날아올 수도 있다는 불안함으로 독기가 오른다. 시위대들 역시 전투복들에게 숨겨진 두려움의 정서를 손톱만큼도 인정하지 않아서 배달의 청년끼리 숙명처럼 증오심을 키우는 것이다.

그러거나 말거나 국방부 시계는 잘도 돌아갔으니.

그 쫄따구 시절을 거치면서 두 쫄병 모두 옆 숙소의 내무반장 직책을 가지게 되었으니 전경 짬밥도 이제 그럭저럭 이력이 붙을 즈음이다. 그 혼돈의 어느 날, 1소대 조성일 내무반장이 부하 전경들을 집합시키는 것이다. 옆 내무반 동료 윤중호 수경은,

'이 친구도 또 시위대 진압을 핑계로 쫄따구들을 두들겨 패려나 보다' 불안하게 지켜보는데, 어럽쇼, 조성일 왈.

"시위대들을 포획하기 위해 에너지를 지나치게 낭비하지 마라. 그들도 시대의 역사 현장에 동참하기 위해 거리로 나선 것이고 또 우리들역시 군복만 입었을 뿐 대학물까지 먹은 동시대의 젊은이가 아니냐?"

그 뜻밖의 연설 청강 이후 단박에 친구가 되었다. 나중에 등장한 윤중호가 '대학물'이란 단어보다는 '신문줄이나 읽은'으로 문장을 고쳤으면 했다는 글쟁이 식 후일담도 있었단다. 아무튼 그 후 그 기동타격대는 분노한 시위대를 다독다독 끌어안는 덕망 있는 진압대가 되었더란다.

훗날 조성일이 대학 졸업 후에 이차구차 터를 잡은 '남녘출판사'나 윤중호의 '들불기획실'도 하필 합정동 옆댕이였단다. 하여, 선술집과 포장마차 그리고 옆 동네 비슷한 직종으로 오랜 세월 가깝고 먼 고락

을 나눴으니 그들이 소비한 맥주병이 낟가리처럼 쌓였다 한다. '이후 지구가 폭발해도 후회하기 없다'는 황당 선언으로 퇴근길 포장집마다 외상값 안 깔린 집이 없었다나, 어쨌다나. 그 와중에 몇 권의 스테디셀러와 불온서적을 출간했고.

십년 지나 흑석동이니 나의 해직교사 시절, 학원 강사를 거쳐 출판사나 신문사 비정규직으로 전전하던 부평초 젊음의 막바지다. 그 즈음 나는 동아일보사 비정규직에서 월간 『신동아』로 옮겨 밥줄을 이어가고 있었다. 계약 기간이 끝나면 집에서 열흘쯤 쉬었다가 회사에서 부르면 다시 출근하고 그마저도 함흥차사면 다시 실업자로 뭉개야 하는 살얼음판의 연장이었다. 그 비정규직 직장의 연장 와중에 흑석동 달동네에 입문한 것이다. 윤중호의 수작 「안면도」 연작시 옆에 따로 묶었던 '흑석동 시리즈' 그 공간이다.

그리고 겨울이었다.

달동네 골목길 수백 계단 굽이굽이 올라서서 겨우 한숨 돌리는 그 '대문 쪼개진 집'에 올라서면 일단 아랫도리에 힘이 쪼옥 빠졌고 식은 땀 뻣뻣한 오한이 서렸다. 뜰 안 수돗가를 중심으로 칸막이 일곱 세대가 바람막이 중이었고 나와 윤중호는 달동네 두 번째 문간방이었다. 한독약품에 다니던 벗 이정화와 함께 유하던 '무늬만 자취방'에 객꾼하나가 어정쩡 끼어든 것이다. 두 사람이 들어서면 좁은 방인데 불청객 손님이 끼어들어 다섯 사람이 완전 칼잠으로 버틴 적도 있다.

그가 새 입주자를 주인집에 인사시키지 않았으므로 나는 세숫대야를 잡을 때마다 뒷덜미가 쭈뼛쭈뼛 서곤 했다. 수도세를 추가로 내라는 것도 아닌데 감시망 노이로제에 걸려 웬만하면 오밤중에 들어갔다가 신새벽에 탁구공처럼 후다닥 튕겨나왔다. 겨울이 깊어가면서 세수도 생략했다. 동아일보사 1층 화장실에서 얼굴을 닦고 머리는 빨래비누와 찬물로 뚝딱뚝딱 빨아버렸다. 더러는 겨울 잠바 자크도 열지 않은 채 쿵, 떨어졌다가 그대로 일어나 그 지긋지긋한 여의도 행 만원버스에 몸을 실었던가.

도대체 동거인 윤중호를 만날 수가 없었던 것이다.

불 꺼진 여닫이 사이로 쿵 쓰러진 다음, 아침에 눈을 떠보면 그가 옆에서 코를 골고 있었을 뿐이니 귀가 시간을 측정할 수 없다. 내가 열한 시에 들어가면 윤중호는 새벽 한 시에 들어왔고 내가 술떡이 되어 한 시에 들어가면 아예 '질긴 놈 시합'하듯 세 시쯤 들어왔다. 마침내 내가 작심을 하고 세 시에 들어간다.

'이번에는 불이 켜져 있겠지. 아자자자자…'

그런 날은 겨루기라도 하듯 그가 외박을 때렸다. 아주 이따금 비몽사몽으로 한밤중 연탄불을 가는 소리와 함께,

"이젠 뜨듯해질껴. 깡."

그렇게 쓰러지는 화상의 촉수를 느끼기도 했다. 잠들기 직전 '깡' 하고 박기당 만화책 흉내를 내며 쓰러지는 나이 삼십의 화상이라니.

여기, '깡!'이라는 독립어.

만취 직후의 윤중호 표 전매특허 찰진 감탄사이다. 그랬다. 그는 취중의 상태로 잠들기 직전에 머리를 장판에 폭삭 박고,

"나, 시방 잔다—잉. 깡!"

곧바로 무시무시한 '폭풍 코골이'의 서막을 열면 아무도 제재할 수

없었다. 어쩌면 그는 아프리카 밀림의 야자수 마을 원조 원숭이였을지
도 모른다. 칡덩굴 타고 열대목 사이를 요요요 종횡무진 날아 코코넛
열매 우적우적 파먹은 다음,

"배부르다. 깡."

포만감으로 뒤집어지는 떠올리던 그 모습이 영락없이 본토인의 화
상이다. 그건 그렇고,

문간방 아저씨는 오리지널 순둥이 종자였다.

원인 불문… 감옥살이 일 년인지 일 년 반 커리어의 실업자 딱지를
붙인 사내인디 술주정뱅이 특유의 헬레레 표정만 거세하면 윤중호네
이웃 동반자로 아주 '딱'이었다.

"굶어죽을 판인 감유?"

은행에서 청소 용역을 하던, 그니의 천사표 아줌마가 짧게 악마의
얼굴로 변한 채,

"돈 벌어왓!"

앙칼지게 삿대질하면, 그냥,

"나 좀 내비둬."

실실 피해서 무허가 판잣집 너머 헐린 담장 앞에서 해바라기로 서성
이기도 했다. 이따금 윤중호에게 낚아 채여 탁배기로 공복을 채울 때
마다 그리도 행복한 표정을 지었다는데… 하루는 그 문간방에서 스며
드는 '흑산도 아가씨' 뽕짝 가락에 늦잠을 깨었단다. 창틈으로 비집
고 들어오는 오뉴월 햇살 그리고 낮 열한 시라서 일단은 괜찮은 컨디
션이다. 벽을 뚫고 스며드는 라디오 가락에 취해 우선 유목 시인 윤중
호 스타일로 발바닥 장단을 맞춘다. 이번에는 고전 원조 이미자의 '섬

마을 선생님'으로 이어진다. 열아홉 살 섬 색시가 순정을 바쳐 사랑한 그 이름은 총각 선생님.

그는 신명이 오르면 외다리 학이 되고 번지점프 캥거루 자세가 된다. 그때마다 구경꾼들은 윤중호의 춤사위가 끝나기를 기다리느라 오줌보 참으며 조마조마 다음 가락을 기다리는 것이다. 그래도 그렇지. 남의 집 라디오 가락에 혼자 발바닥 박수 장단이니 완전 맛 간 영상이다. 숙취 탓도 있으리라.

'쿵짜라쿵짝 쿵짝짝'

헛둘헛둘 팔다리 체조로 수돗가로 나오면 요강을 부시러 나온 문간방 할머니 등허리에서 달개비꽃 자줏빛이 피어오르기도 했으니 그럭저럭 괜찮은 하루의 출발이다. 그 순간 에라이, 문간방 아저씨나 불러내어 어젯밤 술타령 작업이나 연장할깡. 생각이 퍼뜩 드는 것이다. 모르겠다. 이제부터 해장이다.

"인나쇼 잉. 해장 해야쥬."

느긋하게 문고리를 잡아당겼는데, 아차, 아저씨 혼자 울고 있는 것이다. 문간방 아저씨는 얼굴을 군용 모포로 폭삭 뒤집어쓴 채 훌쩍훌쩍 흐느끼는 중이고 중고품 라디오 따로따로 고성능 뽕짝가락 뿜어내고 있었던 것이다. 서럽게 우는 동포 옆에서 발바닥 장단을 때렸으니 후회막급이지만 때는 늦었다.

흑석동 시절 근무처이던 청소년 잡지 『우리 시대』는 그에게 딱 맞춤형 직장이었다. 편집진 모두 의식이 높았고 특히 청소년 독자가 딱 그의 체질이었다. 구성원도 마음에 들었고 마침 재정도 넉넉해서 그로선 '신이 내린 직장'이었다. 장한기, 신상철 선배, 디자인쟁이 장영도 등과 술을 마셨고 나도 이따금 룸메이트 신분으로 틈새에 섞였다. 이제는 기억조차 희미한 몇몇 한샘출판사 직원들과 '부어라, 마셔라. 해결해 보자.' 퇴근길 전의에 합세하기도 했다.

먼저 생맥주 집에서 노가리 한 접시와 1000cc 몇 개를 들이킨 다음 엔 감자탕집에서 쏘주, 막판엔 껍데기집이나 포장마차를 방문했고 기분이 땡기면 드물게 스탠드바 오브리도 때렸다. 나는 해직교사였으므로 거의 모든 술값을 윤중호가 지불했으니, 이제와 생각하면 멋쩍은 일이다.

막판에 직원끼리 티격태격하기도 했다. 주제와 배경 모두 윤중호의 독무대였고 나머지는 그냥 하하호호 타임이 대부분이었지만 이따금 편집 문제로 옥신각신 중,

"나, 내일부터 출근 안 햇. 썅칼."

강짜를 놓아서 뜨거운 분위기를 싸늘하게 다운시키기도 했고, 이튿날 실제로 출근을 안 하기도 했다. 자취방에 누워 해가 중천에 뜨도록 빈둥거리는데 신상철 선배가 밤마실 오듯 방문을 걷어차고,

"중호야, 목욕 가자."

한바탕 불은 때 벗겨낸 다음 간신히 걷어낸 숙취를 다시 채울 채비다. 목욕탕 맥주 몇 병으로 딴소리만 능청능청 술상에 올리다가 그렇게 묵언의 소통으로 불콰하게 출근하기도 했다. 그 신상철 주간께서 다독거려서 그나마 윤중호가 오래 버틴 것 같다.

다른 데는 수도 없이 때려치우고 옮겨 다녔다. 『자동차 생활』,『여고시대』,『일지사』,『주부생활』,『신동아』,『한국일보』 등 어딜 가도 그는 일주일에서 1년을 못 버티고 자리를 뜨곤 했다. 그리고 다음 잡지

사 진입 타임까지 행방불명으로 숨는 것이다. 다른 사람의 이력서는 베개 높이로 쌓이는데 내정된 윤중호가 도통 연락이 되지 않아 애를 먹었노라고, 그의 지인들이 터뜨린 불평을 나는 그에게 한 번도 전달하지 않았다. 얘기해봤자 '히히힛' 웃어넘기는 그를 설득하고 싶은 마음이 전혀 없었고.

그는 까다롭고 집요하다.

생김새와 딴판으로 꼬장꼬장한 성격도 아는 사람은 죄다 안다. 토굴 속에서 한 달쯤 살다가 나온 양산박 스타일이지만 속내 어딘가에 날선 송곳이 숨겨져 있는 것이다. 글판 조직에 깊이 빠지는 체질은 아니지만 일단 걸려들기만 하면 마디마디에 진한 색소를 쏟아 붓는다. 국문학도가 아닌 영문과 출신이어서 서양 원서도 촬촬 읽어내는 것도 특이하다. 뽕짝도 좋지만 '흑인 영가' 같은 편집된 팝송을 쏟아내면 그만의 캐릭터가 따로 생산된다.

그는 술안주 하나하나의 맛을 구별하는 미식가이다. 두부는 살짝 데쳐서 먹었고 생김을 반쪽으로 접은 다음 조선간장에 찍었으며 김치도 물에 살짝 빨아서 젓가락 삼등분으로 쪼개 먹기도 했다. 그는 집필 시에 꼭 만년필을 사용했으며 기타를 잘 치고 노래를 자기 식으로 편곡해서 부르던 유미주의자였는데, 알고 보니… 그게 나를 2016년 TV 화면에 빠지게 만드는 '불후의 명곡' 버전이었다.

그를 통해서 감나무 새순이 가장 늦봄에 싹을 내민다는 사실도 알았고 붓글씨 용 짐승 털은 햇볕이 아니라 그늘에서만 말린다는 지식도 전수받았다. 담벼락 햇살 아래에서 이(蝨)를 잡던 행려병자조차 무심한 척 지나친 다음 다시 필름을 디테일하게 재생시켜 글을 만드니, 그 곁눈질의 집요함이 행간이 된다.

그러면서 순정파이다. 천년 고사 석탑 앞에서 눈시울을 적시는 표정을 오려내면 천상 깊은 시인이다. 그는 교통사고로 꽉 막힌 양화대교를 기다리며 부글부글 끓는 운전기사에게,

'지둘린다구 모래알이 싹 트간유. 참으시랑께유. 전봇대루 이빨 쑤실규?'

너덜너덜 농담 펀치를 던지는 달마네 토굴 불두화이다. 부처처럼 입을 다물다가 파계승처럼 낄낄대다니.

다음 강병호 얘기는 순전히 윤중호한테 들은 삽화다.

그는 강병철을 통해 소개받은 친동생 강병호와 시나브로 더 가까워졌다. 윤중호의 사무실 '들불 기획'과 강병호의 작업실 '하수와 고수'가 홍대 입구 5분 거리에 소재한 것도 이웃사촌의 이유가 되겠다. 둘다 원고지와 붓질을 통해서 먹고 사는 프리랜서 식솔을 거느린 사무실 좌장인데다 일단 술판이 시작되면 '아산이 박살나든 평택이 아작나든' 날밤 새우는 무대책 스타일들이었던 것이다. 신촌 대학로, 화려한 젊음의 싸이키 조명 지나서 빛바랜 수은등처럼 희뿌옇게 잦아드는 합정역 생업 작가들의 뒤안길을 상상해보라. 시장 통 개다리소반으로 쏘주병이 끝도 없이 올라오던 그 징한 풍속도라니.

윤중호의 작업실 '들불 기획'에는 날마다 들락거리는 지인들로 문턱이 너덜너덜 닳아 버렸다. 원고 청탁이나 잡지기획 카운슬링 같은 업무상 방문도 있었지만 그보다는 '술 죽이는 쉼터' 찾아 시도 때도 없이 달려드는 각다귀 떼 부류가 대부분이다. 윤중호가 작업하는 내내 소

파에서 죽치고 있는 '기다림파', 아예 밀가루 반죽으로 부침개를 부쳐 대령하는 '요리 전문 헌신파', 그리고 바깥 주점에 자리잡고 느긋하게 전화로 확인하는 '자존적 품위파'까지 종목별로 다양하게 배치되어 기다리는 중이다. 그 중 강병호는 자기 작업을 마치고 막장에 합류한 다음 운동화끈 풀고 날밤을 새우는 무대책 유형이었으니, 그 술도가니 속에서도 사람을 만나고 책을 펴내는 게 프로의 세계다.

지금은 불교 잡지 기자이자 동화작가인 박선영 선생은 그즈음 윤중호의 '들불 기획'을 직장으로 잡아 교정지와 씨름했었고 만화가 강병호는 술상 찾는 부나비 떼 중의 하나였던가. 그렇게 밥상, 술상 과객으로 수두룩 술청 속에 둘이 섞이기도 했는데 일단 그냥 그런가 보다 했단다. 어쨌든 윤중호는 술에 떡이 되어 막차가 끊어질 때마다 그의 둥지인 일산 신도시를 포기하고 강병호의 작업실에서 하룻밤 '유'하는 자동빵 코스로 자리잡곤 했는데, 하루는, 그날도 거의 파장까지 술판이 익었는데, 어럽쇼, 이상하다. 이쯤되면 강병호가 먼저,

'성님 즈이 집에서 딱 한잔만 더 하쥬? 고꾸라집시닷! 출바-알!'

그게 순서인데, 도대체 시간이 넘었는데 그 말이 안 터져 나오는 것이다. 윤중호가 갸우뚱하다가 오히려 먼저,

"오늘 니네 집에서 잔다 잉."

그런데도 우물쭈물 일부러 못들은 척하니 단도직입이 아닌 대략 난감 아리송이다. 어쨌든 망원동 좁은 골목 지나 주정뱅이 그림자 두 개가 어쩔 수 없이 반지하 사무실 계단을 흔들흔들 내려가는 중이다. 그때 돌연 강병호가 현관 앞에서 소리 지른다.

"윤중호— 윤중호오— 형."

'중호형'도 아니고 '윤중호오— 형'이라고 아리송하게 부르는 것도 수상하지만, 앞에 가는 작자가 뒤쪽을 쳐다보고 부르는 게 아니라 바로 현관 정면을 향해 선배 이름을 부르는 사연이 생뚱맞다. 순간 현관 속에서 화들짝 숨이 멈추는가 싶더니 '숭구리탕탕' 짧은 정리 모드 시간이 흐른 후 웬걸, 문이 열리고 어럽쇼, '여자, 사람'이 나타났다. 그미가 윤중호의 사무실 동지 박선영이었으니, 왈,

"앗, 선생님, 나 오늘 여기 처음 왔는데."

그 후 윤중호의 입회로 그니들은 늦깎이 공식 커플로 등록되었다.

어느 날 마(魔)가 왔다.

우리들의 원조 구심점 윤중호에게 '췌장암'이란 '마'가 기습할 줄은 꿈에도 몰랐다. 스스로 원조 강골로 규정하고 몸을 업수이 여겼음을 뒤늦게 반성했으나 이미 늦은 것이다. 곡절 끝에 세상과 결별 수순을 밟아야 했으니, 분하고 억울한 일이다. 헤어지기 위한 지인들이 그의 처소에 오그르르 모여들었으니 운명은 그렇듯 질긴 연분도 단방에 무너뜨리나 보다.

비 오는 날, 벗 황재학과 함께 갔다.

누이 연탁 스님이 수도하는 옥천 도선사 입구는 대낮인데도 우중충 녹색 그늘이었다. 저수지 물안개가 침침하게 피어오르는 민가 마당에 그는 없었다. 처남의 승용차로 옥천 읍내에 나갔다고 했다. 승용차 엔진 흔들림에 취한 채 잠에 빠지기 위해 잠시 출타했다는 그를 기다리며, 나는 무서웠다. 강심장 윤중호가 죽음을 맞이하는 모습은 과연 어떤 표정일까?

"날궂이 하냐?"

그가 예전처럼 퉁명스럽게 던진다.

그러나 나는 그의 처 홍경화에게 부축된 윤중호를 정면으로 바라볼 수 없었다. 반쪽 얼굴과 복수 찬 불룩한 배, 폭삭 마른 얼굴과 듬성듬성 빠진 머리칼… 그리고 예전과 똑같은 말투를 던지는 참을성에 놀라 식은땀이 흘렀다. 아, 그 마지막 상봉을 끝으로 그는 떠났다.

소도시 금학동 어디쯤 그런 배경이 하나 있었다.

가겟방과 평상, 깨진 가로등과 개울물 그리고 물푸레나무에 기댄 사내 두 사람… 긴 세월 몸에 밴 그런 풍경이었다. 초승달빛이 내려와 막걸리병을 핥는 중이었고 우리들은 시냇물을 향해 몸을 세웠다. 내 오줌발은 코앞에서 구부러졌고 그의 오줌발은 수도꼭지 콸콸 소리로 개울 건너까지 선을 그었다. 버드나무 가장이가 흔들흔들 지린내를 털어내는 익숙한 저녁 풍경이다.

이제 술타령 끝내고 돌아가려는 길이다.

그는 늘 그렇듯 바바리코트에 가방끈을 멘 채 휘청이는 뒷모습 자세를 취했다. 그가 품바 타령을 터뜨리면 나는 후렴구 '얼씨구씨구씨구 들어간다'로 추임새를 낮추기 위해 허리를 구부리는 중이었다.

"잠깐만 지둘려 잉."

웬일일까? 그가 구멍가게로 들어가는 순간 가슴이 철렁, 내려앉는 것이다. 무섭다. 왜 무서운지 그 이유를 나는 이미 알고 있었다.

"…담배 여기 남아 있는디. 야아."

이미 문을 열었기 때문에 '앗, 가지 마' 소리는 나오지 못했다. 이제 가겟방 노파가 치마끈 올리며 진열대 쪽으로 움직여야 할 판이다. 주머니에서 빠져나온 지폐에서 배춧잎 구겨지는 소리가 났으니, 얼핏 그의 몸이 그림자처럼 흐릿흐릿 보이기도 했다. 이제 알몸의 소주병끼리 깡깡 부딪치는 소리와 함께 미닫이가 활짝 열려야 한다. 그런데 이상하다. 윤중호의 몸이 갑자기 흑백으로 변하는 바람에 나는 재빨리 어금니 깨물었다.

'꺄옹, 소리를 질러 놀라게 해야지.'

그 다음 여관방 구들장에 '깡' 쓰러졌다가 신새벽에 깨어 이불 속에서 노닥노닥하고 싶은 것이다. 새벽 여관방에서 사내들끼리의 수다가 끝내주지롱 하면서…. 그런데 한번 꺼진 가겟방 불빛이 더 이상 켜지지 않는 것이다. 어둡고 섬뜩하다. 다시 라이터를 켜자 유리창 사이로 그의 바바리가 보이는 것 같아 아주 잠깐 안심하기도 했다. 그러나 바람이 몰아치는 순간 검은 장막이 완전히 앞을 가로막는 것이다. 달빛 그리고 별빛만 즈이끼리 희뿌옇다. 끝이다.

'끝까지 기다릴 거야.'

그 순간 눈물이 비 오듯 쏟아지는 것이다. 나는 물푸레나무 밑동에 손등 찍으며 꺼이꺼이 울기 시작했다.

申哥, 니늠 속이 탈 땐 땅을 판다든가
늙은 엄니의 해소 기침 소리도,
저녁마다 부르는
과년한 누이의 유행가 가락도
탁배기 뚝심으로 옹골차게 파제키더니
申哥야, 申哥야

녹두꽃이 폈어야

─그의 시, 「안면도·다섯」 부분

잠이 오지 않는 밤이면 그가 녹두밭 고샅으로 히히힛 봉두난발을 흔들기도 했다. 나는 지금도 식은땀 흘리며 그를 부른다.

'중호야, 인나. 녹두꽃이 폈어야.'

만다라 그 전설의 외로움,
김성동

1980년도 신군부 시국,

『만다라』의 김성동 소설가가 산내 어디쯤에서 거(居)한다는 풍문만
으로도 대전의 문청들은 동맥이 터지는 것 같았다. 그 전설의 작가가
굳게 닫혔던 비밀의 정원 빗장 틈새로 싯, 하고 빛을 뿜어준 것이다. 그
랬다. 커튼 속 주인공을 떠올리며 잠 못 이루던 청춘의 세월 즈음, 나
는 결심했다. 무조건 대문짝부터 깨부술 판이다. 육간대청에 꿇어앉
아 '날 잡아 잡슈' 머리 조아리고 싶었던 젊음의 어느 날,

용두동 골목길 자취생인 초짜 시인 이은봉 시간강사가,

"오늘 만다라 김성동 선생과 전화통화 했다."

그 순간 찜통 열기가 '아싸— 호랑나비'로 모가지까지 후끈 올라왔
다. 나 역시 스물여섯 복학생 시절에 이미 문장 전체를 통째로 좔좔 외
우던 '만다라 마니아'였으니.

'당신에게 몸을 통째로 맡기겠소.'

대롱대롱 매달리고 싶은 울울청년이었던 것이다. 그래봤자 방법이 없었으니, 그가 대덕군 산내 구도리에서 염불 중이라는 소문만 두근두근 엿듣곤 했다. 만다라의 '본질(manda)을 소유(la)한다'는 의미를 펼치면서, 그를 만나면 무엇을 던지고 어떻게 껴안아야 할까,에 하염없이 빠져들곤 하던 시점이다.

그즈음 나는 구겨진 원고지를 자취방 벼락에 패대기치면서,

'타는 가슴 주체할 수 없어.'

이 세상 모든 언어를 속속들이 발라먹겠노라 담벼락마다 이마빡 찧는 중이었다. 그즈음 한밭을 중심으로 한 '삶의 문학' 젊은 문청들은 몇 가지 철칙을 정했으니,

첫째, 등단 절차를 거부한다.

둘째, 목숨 걸고 글을 쓴다.

셋째, 미운 놈들은 끝까지 미워한다.

그 단두대에 목을 걸고 동학사 어디쯤 술청에 엉덩이 붙이며, 서로의 작품을 두들겨 패던 열혈청년 그 즈음이다. 구성원은 정적(靜的) 인물과 동적(動的) 인물로 반반씩 나뉘었는데 그건 평상심의 모습이고 술독에 빠지면 그 이분법적 구도가 깨어지고 모두 획일화된 격동적 모습으로 변신한 채 탁자를 뒤집거나 모퉁이에 기댄 채 꺼이꺼이 울기도 했다. 그러다가 문득 질리도록 해부한 '남의 책 외우기'를 넘어서서 '이제는 우리들의 책으로 세상을 평정하자'며 부글부글 기염을 토하기도

했다.

마침내 불청객 방문을 우르르 시도했다.

이은식, 이은봉, 임우기, 윤중호, 이재무, 전무용, 김영호 등이 합동으로 대문짝 걷어차는 방문 스크럼에 나도 끼어들었다. 그리고 아주 잠깐 긴장의 시간을 보내고 곧바로 술독에 빠지기 시작했다. 신군부 정권의 광주학살 그리고 너그럽고 넉넉한 공동체가 도마에 올랐다. 모두들 그가 내던지는 문장을 끌어안고 토스도 하면서 화목한 웃음 합창을 펼치는 중이다.

그런데 이상했다.

신바람 넘치는 복판 피해 나 혼자 사랑방 말석에서 술잔만 홀짝거리는 것이다. 귀는 작가 쪽으로 쫑긋 열어둔 채 눈빛은 반대쪽으로 외면하는 안면 비대칭 청춘 형상이다. 그러다가 뿔뿔이 헤어진 지 대여섯 시간이 지나서야 나 혼자 새로운 판을 구상하는 것이다. 외딴집 모퉁이에서 토로하지 못한 문장들을 문지르며 '나 홀로 막걸리' 두어 병 더 비웠다. 술이 술을 먹고 술이 사람을 먹더니 마침내 내 몸이 술이 되어버렸다.

그날 비 오는 자취방 안마당에서 혼자 우산대 겨누며,

"김성동, 김성동, 너를 죽이리라."

돌발적으로 요이요이 황홀한 포즈를 짓더란다. 푸하하 드디어 만났구나. 우이씨 덤벗. 나도 문학에 목숨을 걸기 위해 태어났단 말이다. 목숨 걸고 쓰면 되잖냣. 나 혼자 담벼락 보며 헤롱헤롱 비명을 지르더라고 하숙집 아줌마가 전해주었다. 어쨌든 막힌 속이 조금은 풀렸으려나.

이튿날 쌘뿔여고 신문반 소녀들에게도,

"어제 김성동 소설가를 만났다. 우히히히 밤새도록 술을 퍼마셨다. 진짜야."

입방아 찧었으니 필시 숙취가 덜 깬 탓이다. 그러거나 말거나 열여덟 낭창낭창한 이상미, 임지연, 박덕자, 전은숙, 이광숙 등 풀꽃 소녀들과 김혜영, 박미옥 같은 문학소녀들은,

'우아, 그렇게 유명한 작가와…'

벌린 입을 다물지 못하는 표정이 나에게 존경의 시선을 보내는 거라고 생각했던 것 같다. 완전한 뻥은 아니다. '만나서 술을 마신' 부분은 사실이고 '입술을 전혀 떼지 못한' 디테일을 밝히지 않았을 뿐이므로 현상만큼은 팩트가 분명하다. 그러면서 연신 '태풍 경고 작가'가 되겠노라,며 어금니 잘근잘근 깨물었다.

무엇일까. 술병과 극약을 품은 지간 스님은.

승복을 뒤집어쓴 잡놈일까, 해탈한 부처보다 훨씬 더 깊은 경지를 보고 싶은 것일까. 그 '만다라'가 베일을 벗고 임권택 감독을 만나면서 본격 속세에 뛰어들었다. 한반도 극장가를 접수하면서 이제 '국민문학'에서 '국민스크린'으로 약진한 것이다. 마침내 대전시 중앙통 성보극장 간판에도 전무송, 안성기, 방희 같은 인기스타 배우들이 승복 세트로 우르르 출두되었다. 참선하는 '스님의 일탈', 그런 선정적 화보가 커튼을 걷어내자 청춘남녀들이 오그르르 줄을 서서 수도 스님의 '비밀의 화원'을 팔랑팔랑 탐닉하고 싶었던 게다. 구도자의 수련과 인간 본능의 간극도 궁금했을 것이다.

그렇게 일취월장으로 봇물이 터질 즈음 갑자기 보수 승려사단의 상

영 중단 시위도 있었으니 그게 참 '김밥 옆구리 터지는' 풍경이었다. 그들은 구사대 포즈로 극장을 봉쇄했고 각목을 든 채 매표구를 막았다. 실제로 작가는 논두렁 문신(文身)들의 테러 위협을 뒤로 한 채 탁발승 2년의 방랑길에 빠졌단다. 그럴수록 '만다라'는 인기 폭발로 인산인해를 이루었고.

그는 이데올로기 역사의 산증인이다.

아버지 김봉한은 좌익인사 예비검속으로 수감되었다가 산내 처형장에서 이슬이 되었고 여맹위원장이었던 어머니 한희전 님까지 고문 후유증으로 평생을 모진 수모에 시달렸다. 외삼촌과 삼촌까지 전쟁의 소용돌이에 저 세상으로 떠났으니 '역사의 상흔' 그 깊이를 어떻게 표현할 수 있는가.

1958년, 그의 할아버지를 찾아 집에 온 틈입객 형사 하나가,

"간첩을 만난 적이 있느냐?"

따위의 고전적 문초 말미에,

"요즘 방문객이 누구냐? 이실직고햇."

흰소리로 이어가다가 문득 옆에서 물끄러미 바라보던 소년을 가리키며,

"붉은 씨앗이군."

일침을 던졌으니 그게 '송장에 말뚝 박기'이다. 그래서일까. 그는 어른이 되어서도 제복을 입은 사람을 보면 또 송곳날에 찔릴까봐 철렁 내려앉았단다.

그 후 아홉 살 소년은 상처를 달래기 위해 글쓰기에 몰입했다. 비탈밭 호미질 하던 어머니가 고샅에 웅크린 채 아들이 쓴 이야기를 읽다가.

"악아, 글이 왜 이렇게 슬프다네?"

옷고름으로 연신 눈물을 찍은 이유가 당연하다.

총 맞아 죽고 병들어 죽고 매 맞아 죽고 목매어 죽은 이야기들이 모두 몇 년 전 지척의 사연들 아닌가. 그렇게 '슬픔의 씨앗'이 '슬픔의 나무'를 울리며 위로하는 것이다. 그래서일까. 그는 지금도 '문학은 슬프고 서러워야 한다'고 주장한다.

그 주홍글씨 족쇄가 갈수록 점입가경이니.

이웃들은 귀엣말로 수군거렸고 친구들도 거리를 두었고 선생님도 뒷담화로 혀를 끌끌 차곤 했다. 대학을 나와도 공무원이 될 수 없었고 군대를 가도 장교가 될 수 없으며 사법고시에 붙어도 임용될 수 없었다. 그래서 홀홀 털어버리고 태평양 건너 어디론가 훌쩍 사라지려 했으나 소년은 그 일탈마저 이루지 못했다. 외항선을 타고 싶었지만 정박해 있는 바다 한가운데까지 움직일 도구를 구할 수가 없었고 또 홀로 남은 어머니가 걸렸던 것이다.

마침내 열아홉, 신열이 잉잉 달아오르는 몸으로 출가를 시도했으나 불도에만 몰입하지는 못한다. 19세에 정각(正覺)이란 법명을 (승적은 받지 않았으니 '쫑' 없는 스님이랄까) 받았지만 납자(衲子)가 되기엔 맺혀 있는 한이 너무 많아 회귀할 날만 꼽기 시작했다. 다시 서른에 하산했고 폭풍 집필로 '만다라'를 생산한 다음 돌판(바둑), 중판(승려), 글판(문학)을 하염없이 떠돌았다.

그는 바둑 천재이기도 했다.

비록 18세에 바둑 프로기사를 포기했지만, 기원은 오래도록 빈한했던 그의 보급창고가 되기도 했다. 급히 읽어야 할 책이 있는데 주머니

가 비어 있을 때 일단 서점 주인에게,

"팔지 말고 두 시간만 기다리시오."

내기 바둑으로 돈을 딴 다음 재빨리 책을 구입했다. 그리고 글에 빠져 빙의에 걸린 듯 쏟다 보면 칠흑 같은 어둠이 되었고 오줌을 누기 위해 허리를 펴면 새벽이었다.

그는 아직도 세로 원고지에 만년필을 사용하는 아날로그다. 동갑내기 소설가 김훈도 그 점만큼은 붙박이로 비슷하다. 두 작가 모두 200자 원고지를 사용하는 '올드 보이'식 공통점이 있지만 기자 출신 김훈은 책상에서 글을 쓰고 토굴 출신 김성동은 붓글씨 쓰듯 바닥에 엎드려 원고지를 채운다. 또 있다. '대학 중퇴 김훈과 토굴 중퇴 김성동'의 차이가 가끔 '대퇴와 토퇴'로 일간지에 회자되기도 한다. 숲속의 마루, 톱밥난로 앞에 웅크려 글을 쓰는 작가의 모습을 떠올려 보라.

어느 여름, 1000매짜리 원고를 폭우에 떠내 보낸다.

컴퓨터 저장 능력이 전혀 없는 모태 아날로그이므로 원고지를 잃는 순간 그걸로 끝이다. 찾아야 한다. '원고 찾아 삼만리' 진흙탕 수렁을 헤매다가 장마에 쓸려온 미륵을 발견했으니 소설보다 더 큰 보물을 얻은 셈이다. '굴러온 부처' 미륵은 지금도 양평 너와집에 고이 모셔진 채 우벚고개를 떠도는 의병들의 넋에게 용화세상을 설법하곤 한다.

"남돌석 북백선이야."

한강 이남에는 신돌석이요, 한강 이북에는 김백선이라며, 평민 출신 의병을 강조하는 그의 눈가에 '동굴 혁명가'의 잔영이 오버랩되기도 했다. 산포수 수백 명을 이끌고 일본군과 대적했던 김백선 장군도 양평 출신이다.

1983년, 그는 월간지에 장편『풍적』을 연재하다가 손목 잘리듯 강제 중단을 당했다. 작품 속 소년은 항상 부재중인 아버지를 기다리는 외로움으로 등장한다. 자신이 소설가가 된 것은 오로지 아버지 이야기를 쓰기 위해서였으며 절에 들어간 것도 결국 작가가 되기 위한 위장 입산이었단다. 그는 구천의 아버지가 불러주는 대로 받아 적으며 일주일 만에 230매의 중편을 만들기도 한다. 그러니까 평생 '산사람 아버지의 죽음'으로부터 망자를 살려내는 것이다.

그 흔적이『현대사 아리랑』이다.

미 군정기 직후 이 땅의 인재들이 이데올로기의 질곡 속에서 패퇴하거나 처절하게 잦아진 혼령들에게 '내 몸 내놔라' '내 눈알 돌려내라', 잡힌 발목을 도저히 벗어날 수가 없는 것이다. 그 논쟁은 해방 70년이 되도록 변하지 못한 채 꽁꽁 신음소리로 남는다. 아프다. 지리산 비트에 떨어진 혁명의 꽃들은,

"우리의 죽음을 슬퍼하지 마라."

초연하게 바라보지만, 그는 과연 '병 속의 새'를 꺼낼 수 있었을까. 거꾸로 치켜든 술병 속에서 신산의 세월만 왕왕 토해낸 것은 아닐까.

유구중학교 연구부장이던 나이 오십 어느 날.

하필 장학지도 준비로 어수선한 시간에 전화벨이 울려서 무심히 수화기를 들었다. 나는 그때까지 핸드폰이 없었으므로 유선 전화기로만 통화가 가능했는데.

"거기 병철이네 집이지요."

낮술 냄새가 소백산맥 뚫고 차동고개 너머 공주까지 풍기는 것이다. 쏟아지는 공문서와 학교 평가 스펙 준비로 정신없는 현실의 시간

너머 수화기 건너편 '숲속 꼭대기집의 술판' 잔당들이 한갓진 세상을 소통시키는 중이다. 그런데도 나는 왜 '아, 살았다' 하며 안도의 숨을 돌렸을까. 수십 년 전 경외감으로 노리던 그를 만나고 싶었다. 아, 빨리 만나고 싶다.

한 달 뒤에 공주터미널 커피나무 권장인 벗 조성일과 함께 소설가 김성동을 찾아 갔다. (그는 젊은 날 남녘출판사 사장 시절 망자 윤중호와 함께 작가를 만나 수차례 곡차 순례를 한 적이 있단다.)

작가의 집은 아득하고 멀었다. 경기도 양평군 청운면 가현리는 직행버스로 두 번 갈아타고 완행버스에서 내린 후에도 비포장도로 오솔길로 한참 도보 행군해야 한다. '비사란야(非寺蘭若 : 절 아닌 절)'란 택호가 걸린 대문에서도 그의 너와집까지는 고바위 100미터를 끌어안고 헉헉 올라가야 한다.

"외롭다."

첫마디는 그냥 흘려들었다.

'전설의 만다라' 작가의 입에서 '외롭다'는 소리가 나오다니, 도대체 말이 되는가? 만감이 교차했다. 어쨌든 그가 안주 없이 술을 마셔서 불안하긴 했지만 한번 끌려진 이야기보따리가 끊어지지 않아서 술상의 사연이 아주 빠르게 흘렀다. '민주주의와 빵과 통일과 사랑'이 격랑 소리를 외치다가 쬐끔씩 기가 쇠할 즈음이었던가.

자정 즈음 그와 조성일이 바둑으로 붙었다.

기원 3급 조성일은 일곱 점을 깔고 내리 여섯 판을 깨져서 초장부터 반상의 긴장이 박살나 버렸다. 솔직히 그 정도 실력 차이면 바둑판을 치우는 게 예의지만 그가 한사코 당기는 것이다. 조성일이 두 손 들고 쓰러진 후 내 소매도 잡아당겼으나 거부했다. 나는 7급이므로 최소한 검은 돌 열세 점은 깔아야 하는데 그쯤 되면 '꼬맹이 손에서 사탕 빼앗아 먹기'다. 나는 '사탕 빼앗기는 꼬맹이'가 되기 싫어서 술잔만 거푸 비울 수밖에 없었는데, 그는 취할수록 더욱 센티해지더니,

"오줌도 함께 눠야 한다."

소매를 끌고 밖에 나왔다. 풀밭에 오줌을 누면서 작가의 눈물이 팔랑팔랑 떨어졌던 건 여름비 탓이었을 것이다. 만다라가 눈물을 흘리는구나. 푸하하. 전설의 작가가 애기 같네.

그날 밤 그의 붓글씨 한 점을 선물 받았다.

이듬해 보령 동향인인 출판사 사장 강봉구와 전자공학과 허정 교수를 동행시켜 또 방문했다. 내 성장소설 『토메이토와 포테이토』(작은숲) 발문을 받기 위함이었는데 경비 일체는 허정 교수가 부담했다. 허 교수는 준비된 사수처럼 일사분란했다. 수박과 수육, 빵과 주꾸미, 술과 음료수까지 바리바리 꾸려가더니 안주발이 전혀 없는 작가의 입속에 연신 투호선수처럼 쏴서 넣었다. 식물성과 동물성, 토종나물과 구미식 빵이 번갈아 작가의 몸으로 들어가니 그나마 다행이다. 나는 그 옆에서 '칼에는 칼'처럼 더 빨리 취하기 위하여 술발을 올리며 해롱거렸다.

"형님, 저녁 잡수시야쥬?"

밥 생각이 아예 없는 그를 독촉하면, 허 교수의 손가락 끝을 가리키며,

"이게 저녁이여."

그렇게 취기의 시간이 흐르면서 나중에는 긴장이 풀어져 푹신 늘어
져 버렸다. 하산하려는 우리들을 보며,

　"느이들이 가면 또 나 혼자 남는구나."

　하면서도 소매를 잡지는 않아 마음이 짠했다. 뒷모습을 지켜보던
저무는 숲속으로 그의 모습이 오래도록 떠올랐다. 전설도 혼자가 되
면 외로움을 타는구나.

　다시 1년 후 간서치 스승들과의 방문.

　'간서치(看書痴)'는 최은숙 선생이 주축이 된 청양지역 교사 독서동아
리 명칭이다. 조선 후기 학자 이덕무가 스스로 '책만 보는 바보'로 칭
했던 단어를 모임 이름으로 차용한 것이다. 그들은 7년여간 60여 권
을 읽고 토론했으며 청양신문에 독후감을 연재하면서 그 성과물을 모
아『선생님의 책꽂이』라는 책으로 묶는 중이었다. 그 책바보 스승들의
김성동 작가 방문 코스에 내가 무임승차로 끼어든 게 세 번째 방문이
다. 그런데 두 차례나 방문했던 내가 당연히 길잡이가 되어야 하는데
이번에도 우왕좌왕 찾을 수가 없는 것이다. 최은숙이 전화로 길을 여
러 차례 되물으니까.

　"도대체 왜 못 찾는 거요?"

　짜증도 냈는데, 최 선생은 그 조급증을 '기다림의 간절한 표현'이라
고 아름답게 해석했다. 이상하다. '전설의 만다라'가 평범한 식자층
방문객을 왜 간절하게 기다려야 하는가. 갸우뚱하며 작가의 집을 방
문한 김성은, 김종학, 박영신, 이현주, 안병연, 김분희, 오은옥, 이기
자, 박태원, 우동욱 등 교사들은 설렘과 안쓰러움을 토닥토닥 여며야
했다.

그가 술을 끊은 것이다.

'스무 살 승려의 첫사랑 여대생'을 시작으로 '현대사 아리랑', '오막살이집 한 채' 강의가 끝나고 마당에 나오면서도 마음이 불편했다. 작가의 너와집이 온통 진부한 초록 수풀로 덮여져서 고즈넉하고 음울해서 더 그랬다. 뇌경색과 당뇨 경고로 손님들이 캔맥주를 따는데도 혼자 냉수만 마실 뿐이니, 우리들은 환자를 위문하듯 몸짓을 조신하게 해야 했다. 간서치 여성 동지들이 냉장고도 정리했고 사내들은 마늘과 쌀알을 찧고 삶으며 흰죽을 만들어 쟁여놓았다.

박영신 선생이 녹슨 낫으로 풀을 욱욱 베기 시작했고 김종학 선생은 낫이 보이지 않자 송판때기 밑에서 삽자루를 꺼내었다. 그런데 삽날로 풀을 후려치자마자 삽 모가지가 단방에 '픽' 부러져 저만치 날아가버렸다.

그날 밤 팬션에 모인 '간서치' 조직원들은 격론을 벌였다. 박영신 선생이 울컥하며,

"내일 당장 철물점에서 낫을 사들고 가서 암자의 풀들을 싸그리 정리해주자."

"그럽시다. 돌아다니면서 놀기만 하는 모임은 의미가 없수다."

"야, 내중 잘 싣고 다니던 예초기 오늘은 왜 안 실었냐?"

그런 통방구리로 안락한 일상을 자책했으나 몸을 움직이지는 못했다. 그 후로도 김성동 선배의 영상이 자주 떠올랐으나 몸을 움직이지 못했던 게 아쉬웠는데,

1년 후, '간서치' 훈장님들이, 거꾸로 김성동 작가를 공주로 초대했던 하룻밤 얘기는 (조금 길자만) 주절주절 늘어놓아야 할 것 같다.

그해 겨울날, 공주 한옥마을 객실로『만다라』소설가를 모시고『현대사 아리랑』스토리를 듣기로 한 것이다. 초장의 그는 분명히 에너지 넘치는 강의를 펼쳐주었다. 쇠한 몸에서 카랑카랑 불을 뿜었고 반어와 역설, 뒤집기와 패러디가 낙뢰처럼 쏟아져서 '역쉬' 소리가 저절로 터졌다. '간서치' 스승들의 질의응답과 열강의 옥신각신 시간을 보냈으니 청중들의 반응도 그만큼 뜨거웠고 든든했던 셈이다. 문제는 열강 이후의 이삭줍기 사태들이다.

막이 내리고 모두들 떠나간 텅 빈 공간.

불과 10분 남짓에 한옥마을의 분위기가 '홱' 바뀌었다. 그가 잠시 멈췄던 술(영원히 끊은 줄 알고 가슴 아팠던)을 다시 마시기 시작한 것이다. 아니, 예전보다 훨씬 역동적으로 술발을 올려서 혼자 남은 나를 불안에 떨게 했다. 나는 김성동 작가와의 일대일의 단독 회동이 감당되지 않을 것 같아 한 사람을 더 합류시켰다.

우성면 농막에 거주하는 오마이뉴스 기자 송성영이 뒤늦게 트리오로 붙어 긴 밤 지새우며 술탕의 시간으로 분위가 홱 바뀐 것이다. 마침 삶의 폭폭함으로 지내던 송 기자 역시 소주, 소주 뱃속에 불을 지르며 만만찮게 쌍심지를 태웠으니 그 논쟁의 시간이 종시 살얼음판인 것이다. 후래자 송성영의 응어리 가슴도 끊겼다가, 삐쳤다가, 간신히 이어지기도 하면서.

식민지와 해방공간이 도마에 올라 난도질.

잃어버린 집문서와 집 나간 누이, 두고 떠나온 울타리와 쇠말뚝 철조망들이 얽히고 비틀렸다. 그는 서울대를 '울대'라 개명시켰고 변혁운동의 동지 중 못마땅한 부류들을 따로 떼어 '헬스권'이라 칭했으며 종교인들 중 폼부터 앞서는 일부 선수들을 따로 몰아세워놓고 '가목 (가짜 목사)' '가도(가짜 도사)'라는 신조어를 생산해서 주입시켰다. 깡통 맥주가 깡소주로 연결되면서 이 나라의 위선자들, 피붙이, 정붙이들, 버림받은 민초의 사연까지 조각조각 도마에 올려졌지만, 문제는 만다 라 선배가 술병만 비울 뿐 도통 안주를 넘기지 않는 것이다.

거짓말 하나 안 보태고 그는 단 한 알갱이의 안주도 입에 넣지 않았 는데, 두 번째 방문 때의 허정 교수처럼 '자동 투입 인간 기계'가 없는 게 안타까울 따름이었다. 나는 당연히 그의 설법에 귀를 집중하지 못 한 채,

'성님, 제발 안주를 꿀떡 넘기세요. 네, 네.'

주술을 외우며 좌불안석이었다.

새벽 세 시.

그 오밤중에 닥치는 대로 전화를 걸었다. 김영호, 황재학, 조성일 등 주폭 선수들이 홍두깨 통신을 접하면서도 정중하게 수신자의 예의 를 갖추어 답변했으니 그의 기(氣)에 대한 보답이리라. 그러나 나는 온 몸이 쇠진하여, 홍야홍야, 더 이상 지탱할 힘이 없다오. 미안해요. 성 님. 먼저 안뇨옹… 쓰러졌으니 만약(진짜 요망 사항인 만약일 뿐이지만) 운 이 좋았으면 그쯤에서 안락한 술 사태로 마무리 될 뻔했다.

그러나 신새벽 6시 40분, 송성영 기자가 성동이 형을 화장실로 부축 해주는 스크린이 그 백제의 고도 여명 레이다에 뿌옇게 잡힌 게 화근이 다. 아, 아름답다, 주폭 사단 주안상의 뒤끝, 신새벽 깊은 사랑은 화 장실 동행으로 마무리되는구나, 라며 깜빡 방심한 한마디,

"편안히 주무셨슈? 성님."

그 순간 선배의 초식동물 눈망울이 금세 벽돌이라도 깨부술 듯 우당탕탕 광채를 낸다. 동시에,

'술은 이렇게 마시는 거야.'

참이슬 뚜껑 따는 그 표정에서 나는 '푸하하 다시 시작이다' 그런 소리의 환청을 들었다.

'으아악, 또 이렇게 하루가 시작되는구나. 새벽 문안이 실수닷.'

심장이 벌컥대는 놀라움으로 밝아오는 아침이었다. (참고로 나는 술발 40년 구력이지만 해장술 앞에서는 쥐약이다.) 아, 그들의 홍콩행 급행열차에 편승해야 하는가. 아주 짧게 갈등하다가,

'부어라. 마셔라. 해결해 보잣.'

'죽기 아니면 까무러치기'로.

'새벽 해장→아침 술 오픈 게임→본격 낮술 타임(그 와중에 조성일, 송창희 등이 끼어들었고 조재훈 선생님, 지수걸 교수, 박승옥 선배 등과 통화를 했음.)→저무는 오후 술청에서는 복분자 딱 한 병.'

그런 식으로 끊어질 듯 말 듯 꼬리를 물었으니, 그는 과연 박용래, 천상병 이후의 재생 기인인가. 『은교』의 작가 박범신 선생이 붙여준 '자해공갈단 김성동'이란 문장이 번쩍 떠오르기도 했던.

그 와중에 공주시 신관동 다숲아파트 장년의 여인 하나, 아내 박명순 선생이 전화 통화를 망부석처럼 기다리고 또 기다렸으니 기실 그미도 큰마음 먹은 거다. 나는 안심한 채 수도 없이 시간을 연장시켰다.

'한 시간만 기다려 주오.'

'다시 한 시간만 더.'

그래도 선수들의 술판이 끝날 기미가 전혀 보이지 않아,

'이번에는 진짜 한 시간이라우.'

몇 차례 리핏 이후 마침내 기다리고 기다렸던 인내의 끝, 이제 최종 목표지점 양평으로 출발이다. 그 와중에도 나는 아내의 운전대 가시밭길은 아랑곳없이 선배의 음주 여정이 마감된 것에만 감읍했다. 공주에서 양평까지 왕복 여섯 시간 드라이브는 기름값과 에너지 소모부터 만만치 않았는데 북쪽으로 갈수록 춥고 사위가 어두워졌다.

다행히 선배는 뒷좌석에서 '둥지 속 아기 새'처럼 새근새근 잠이 들었으니 '쉬잇' 이제부터 아기 새를 깨우면 안 된다. 초로의 부부는 모처럼 석양의 역광을 받으며 회춘 여행의 포즈로 은밀함을 다지려 했다. 엄중한 얘기는 내팽개치고 주로 식솔들의 안부부터 화제로 올렸다. 구순의 부친과 미수(米壽)의 어머니 그리고 이제 세상의 날개를 달기 시작한 청년 식솔들에 대하여 살얼음판 건너듯 조심조심 밀담 나누는 재미도 쏠쏠했던 것 같고.

다시 '비사란야(非寺蘭若)'.

그의 암자 팻말부터 쩡쩡 얼어있었다. 스티로폼 우편함을 열자 찬바람이 구렁이처럼 파고드는 것부터 심상치 않다. 쇠붙이 대문에서 너와집 자택까지 올라가는 언덕길 코스는 도보로 15분이 소요되니 대문 앞이라고 안도하면 절대로 안 된다. 시베리아 눈발이 꽁꽁 똬리 트는 언덕길로 '사선(死線)의 삼총사'처럼 스크럼 짜고 의지하다가 불쌍한 내 아내만 두 번 넘어졌다. 선배의 갈퀴손 끌어당기다가 중력에 끌리듯 팥죽처럼 발라당 넘어졌는데, 이상하다. 나는 화들짝 놀라지 않고 그냥 자지러지게 귀곡탄만 날렸을까. 그 눈발의 오르막길 와중에 김성동 형이 연신 입석으로 기댄 채,

'기가 막힌 연(緣)이다.'

몸은 춥고 안도의 따스함도 스며들었던 것 같다. 감탄사 뿜을 때마다 소주, 맥주, 막걸리, 복분자까지 온갖 주신의 잔당들이 조각조각 쏟아져 나왔다. 그래서일까, 아내와 동행한 네 번째 방문이 아리고 시리지만은 않은 것이다.

마지막으로 망자 윤중호 추모제 때의 한 토막.

추모제는 후배 양문규 시인 주최로 해마다 충북 옥천에서 열었는데, 몇 주기 때인가 김성동 선배가 '내가 아는 윤중호 시인'이란 주제로 오후 두 시 초대강사로 무대에 서게 되는 날이다. 나는 오후 한 시 반쯤 벗 김광식과 영명고 유희경 선생님의 차를 교대로 옮기며 간신히 도착했는데, 양문규 시인이 보자마자 대뜸,

"형, 김성동 선생님이 206호실에 혼자 계시니까 가보쇼. 형이 필요해."

그때가 강의 시작 30분 전이라 혹시, 하며 불안한 마음이었는데, 아이고, 초청강사는 206호에서 폭풍 알콜에 폭삭 젖은 채 풀자루처럼 구겨져 있었다. 그는 나를 보자마자,

"병철이냐?"

고개를 발딱 제끼며,

"윤재철도 안 오고 김사인도 전화를 받지 않는데 네가 왔구나."

반가움의 표시로 주먹이 날아왔는데, 내가 십자걸기로 커버한 반사 동작이 문제다. 붉은 씨앗 작가는,

"내 주먹이 뭐가 아플 거라고 그걸 막냐? 인정머리 없는 놈."

눈시울이 그렁그렁 젖는 것이다. 아차, 이번에는 그냥 두어 대 제대

로 맞아주려고 가드를 내렸는데 눈물만 글썽일 뿐 더 이상 공격적 포즈가 없다. 그러면서 또 벌컥벌컥 술이다. 행사 5분 전까지 캔깡통을 놓지 않으니 오늘의 초청연사 강연은 과연 어찌할 판인가.

마침내 강연 시간.

그의 강의를 듣기 위해 울산에서도 행차하고 강원도, 충청도, 서울에서 내왕한 청중들로 300여 석을 꽉 채웠다. 그가 강당에 오른다. 계단을 오르는 몸이 허우적허우적 흔들려서 관객들 모두 조마조마 옷깃을 여미는 중이었다.

"망자에 대한 서늘한 얘기를 들려주겠어요."

차분히 서두를 꺼내는 듯 했으나, 그뿐이었다. 금세 자세가 기울면서 연체동물처럼 흐느적거리며 다음 말을 꺼내지 못한다. 관객들은,

'작가님에겐 어떤 비장의 카드가 숨겨져 있을까?'

고요히 지켜보고 있는데 돌연 소리를 빽 지르며,

"뭐 하러 왔어? 빙신들아. 글이 무대에 있냣?"

그렇게 말을 끊고 5분 만에 하단했는데, 어럽쇼, 객석에서는 와— 하는 박수가 터져 나와서 그나마 다행이다. 객석의 청중들에게 말하지 못한 윤중호에 대한 내용은 이렇다.

작가는 망자 윤중호의 초상집에 오지 않고,

대신 양평 골짜기 그의 거처에서 보살 한 분과 함께 49제를 지냈더란다. '성과 속'을 함께 넘던 후배 처사의 탁배기잔을 떠올리며 합장했던 마지막 밤이다. '타오르는 산, 가라앉는 늪' 망자의 한을 모두 분해시키고 숙소로 몸을 옮길 찰나다. 그런데 함께 제를 올리던 젊은 보살 왈,

"선생님, 윤중호 시인이 금방 오셨다가 가셨어요."

김성동 작가는 전혀 놀라지 않으며,

"오티게 생겼던감유?"

쓰뭉하게 물었다. 그러자 윤중호를 만난 적 없는 젊은 보살이, 망자의 부리부리한 눈매와 검고 성성한 머리칼과 피부 그리고 영락없는 달마 화상까지 그대로 그려내었다. 그제야 그의 눈빛이 안도감으로 반짝인다.

"머라고 하던가요?"

"면점 가유. 똥인지 된장인지 찍어봐야 맛을 아남유. 성님, 쬐끔 먼저 가나 야중에 가나 똑같은 자리로 가능 거유."

그로써 김성동 선생은 망자의 49제 막을 편안하게 내리셨단다. 지성이면 귀신도 불러들이는 것이다. 아!

소설가 이문구를
만나지 못한 사연

한탄강 물줄기 끼고 도는 그 대대 막사에는 다섯 개의 중대 막사가 있었고, 강 이병은 3중대 1소대 막둥이였다. 1978년 5월. 중식 직후의 그 시각에, 소총수 강 이병이 밝은 햇살을 피하는 이유는 '빨랫줄에 널린 양말' 때문이다. 그는 지금 분대 고참들의 '잃어버린 양말 다시 채워라'는 명령 실행에 골몰하는 중이었다. 잠시 후 화기중대 건조대의 양말을 쥐도 새도 모르게 싹쓸이해서 1소대 고참들 맨발에 신겨줄 참이다.

앗, 기회가 왔다.

감시병이 교대하러 간 틈새에 재빨리 건조대에 엎드렸을 때, 아주 잠깐 가슴이 뜨끔했던 것은 순전히 푸른 하늘 탓이었다. 군복과 양말과 빤쓰 그리고 포대런닝… 건조대 빨래 물결 사이로 드러난 푸른 하늘이 하필 '자유의 술렁임'으로 느껴졌을까. 일순 주춤했다. 그러나 곧바로 현실로 돌아온 작대기 하나 강 이병은 훔친 양말을 군복 윗도리 사이에 구겨 넣고 납작 엎드린 오소리처럼 후닥닥 낮은 포복이다. 그때까지는 '아싸 호랑나비'였다. 그러나 잠시 후 호루라기 소리에 덜미 잡히며 바싹 얼어붙었다. 기념 싸대기 세 대 맞고 순찰대에게 이름 적힌 다음 곧바로 '주말 군기교육대'에 끌려간다.

먼저 선착순이다.

호출된 쫄병 아저씨들이 축구 골대를 돌기 위해 오토바이 폭주족처럼 우르르 앞을 다툰다. 강 이병이 처음부터 꼴찌를 선택한 이유는 원래 느림보 거북이 체질 탓도 있지만 선두로 뛰어봤자 어차피 사열대 옆에서 '대가리 박아' 시키는 얼차려 코스를 터득했기 때문이기도 하다.

'통수는 불어도 세월은 간다.'

몸을 포기한 채 '원산폭격'이나 '한강철교' '통닭구이'로 어차피 두어 시간 때워야 '기합의 잔혹사'가 끝난다는 것도 예단했으므로 그렇게 몸을 방치시키는 게 차라리 뱃속 편한 것이다. 그런 가학적 예감을 맞춰가면서 짬밥 수가 불어났던가. 저물녘쯤 군기반장 박 상사가 호루라기를 불어 쫄따구들을 집합시키더니,

"오늘 욕봤다. 앞으론 이 주임상사 아자씨와 제군들이 '우향 앞으로 갓' '좌향 앞으로 갓' 하는 자리에서 만나지 말기를 바란다. 이번 주 군기교육은 이걸로 때웠으니 오늘 국방부 시계는 이걸로 마감이다."

박 상사는 잠시 마음씨 좋은 표정을 짓더니,

"자, 막사를 향해 우향 앞으로 갓."

그렇게 주말 군기교육대를 마감했고.

스물두 살 이등병 강 씨.

병사는 본성이 센티멘탈 체질이었다.

작대기 하나의 강퍅한 환경에서도 이따금 〈사랑의 스잔나〉의 러브 신과 잘 차려진 주안상을 떠올리며 아, 하는 감탄사를 내뿜곤 했었다. 서정인의 『강』이나 문순태의 『징소리』, 한승원이나 한수산 같은 선배 작가들을 막연하게 품으며, 나도 이제 '문단의 주역으로 나설 것인가' 아니면 '재능 있는 문사'들의 문장 맛이나 핥으며 뒹굴뒹굴 감탄사나 토할 것인가도 잠깐 저울질했던 것 같다. '나도 그 정도를 쓸 수 있을 것 같다'는 저울대를 맞출 때는 심장에서 뱃고동 소리가 벌렁벌렁 들리기도 했다.

그날 밤 병사들 모두 취침 중인 내무반에서 강 이병 혼자 불침번 서며 보안등 아래에서 몰래 책을 편다. 보름달 여대생 후배로부터 계간지 『창작과 비평』을 위문 받은 것 같다. 솔직히 말하면 문예 창작의 열망도 있었지만 그보다는 '국방부 시계가 왜 이리 힘들게 돌아가나?'에 대한 막막함을 그렇게 때워주는 맛도 있다. 그런데 도둑질하듯 계간지를 뒤적이다가 아주 우연히 이문구의 「우리 동네 김씨」를 만난 것이다.

"이건 우리가 우향 앞으로 갓, 좌향 앞으로 갓 헐 일은 아니지만유."

민방위교육장 강사와 면 단위 대원들이 티격태격 다투는 문장 속에 하필 온종일 몸을 혹사시키던 군바리 용어 '우향 앞으로 갓'이 등장한 것이다. 면사무소 교육장을 배경으로 주임상사의 문장이 그래서 반가웠다. 그는 처음으로 '익살과 해학의 차이'를 각인하며 경외감에 젖는다. 똑같은 문장도 붓끝에 따라 '고통에서 해학으로' 탈바꿈할 수 있다는 진리도 처음 맛보게 된다. 그때부터 틈나는 대로 이문구의 문장을 접하려고 노력했던 것 같다. 유년기에 옆구리 끼고 살았던 밭고랑

낱말들이 그를 통하면 새롭게 여문 단어들로 각인되는 것이다.

'새마을 운동' '저수지 물대기' '민방위 교육장의 옥신각신과 엉성한 화해' '수재 의연금 갹출' '대장간 풀무질과 살갗 냄새' '주모와 국밥' '이발소 액자에 붙은 푸시킨의 시' 등 잊었던 풍경들이 늘어진 테이프처럼 출렁출렁 펼쳐지는 것이다. 배꼽잡고 웃다 보면 문장의 철학에 놀라 눈물이 찔끔 묻어나온다는 사실도 새롭게 깨달았다. 그러니까 그의 느리고 여유자적하면서 진한 문장을 만난 것이다. 뒤집기나 반전 드라마가 필수품인 줄 알았던 단편 소설 결말 코스에 대한 고정관념이 단칼에 깨어졌다. 이문구 작가를 반드시 만나보겠노라 처음 마음만 먹어 보았고.

그리고 5년 후 나는 국어 교사가 되어 그를 실제로 만났다. 그를 처음 만났던 신동엽 시비는 기실 예전부터 편집실 소녀들과 이따금 들르던 자리다.

83년 쌘뽈여고 총각 선생 시절,

여고생들은 아가위 눈빛을 반짝이다가도 때까치처럼 카르르 파닥거리며 총각 선생에게 쫑끗쫑끗 다가오곤 했다. 그즈음 나는 신문반 제자들과 시집 『껍데기는 가라』를 들고 부여의 신동엽 시비 근방을 빙빙 돌곤 했다.

5공화국 신군부 정권.

'삼천만 잠들었을 때 나 홀로 깨어있는 교사'로 규정지었다. '섶을 지고 불길에 뛰어들겠다' 결의의 각을 두근두근 세우던 시국이다. 그렇게 시비 앞에서 가끔 소주병도 따면서 세상의 분노를 달래곤 했었는데.

그해 4월.

그 자리에서 열린 신동엽 추모 모임에서 처음으로 이 땅의 진보 문사들을 무더기로 만날 수 있는 행운이 주어진 것이다. 고은, 성내운, 백낙청, 신경림, 염무웅 같은 전설 속 스승들이 눈앞에 나타났고 특히 천승세 소설가의 야생 근육 팔뚝이 아주 인상적이었다. 나는 특별히 이문구 선생님만 눈여겨보는 중인데, 마침 조재훈 선생님이 손짓하더니 직접 악수의 기회를 준다.

'아, 왔구나.'

"이 친구는 소설 쓰는 청년 강병철이여."

손을 잡는 미륵 같은 그의 몸에서 활짝 핀 목련꽃 향기가 풍겨왔다. '저 의연한 그늘 아래서 잠들고 싶다'며 밤마다 손바닥 발바닥으로 거울을 닦으리라. 그러나 그는,

"요새 소설 쓰는 친구들 많대."

딱 한마디로 퉁방스럽게 마감했을 뿐이다.

'…아.'

공든 탑이 와르르 무너지면서, 버림받은 짝사랑의 수치심으로 아랫도리를 가리고 싶었으나, 재빨리 아직은 때가 아니라며 마음을 다독이기도 했다. 나 역시 어깨를 돌려 금강 물살에 눈길만 쏟아 부으며 무심한 표정을 연출했고.

시인이 전사이던 시국이 있었다.

제5공화국 신군부 정권이 '학원안정법'이라는 막장 카드를 저울질할 즈음이다. 벗들은 게오르규의 '잠수함 속 토끼'처럼 장렬하게 산화하자고 머리끈 동여맨 채 새도록 술통에 빠졌던가. (그 젊음이 영원할 줄 알았었다.) 책을 읽었고 녹음기 들고 채록에 빠졌고 농민공동창작시를

만들었고 유인물 문장을 고쳤다. 그 와중에 '민중교육지 사건'이 터졌고, 학교를 쫓겨나는 드라마틱한 사건 속에 나는 '불안한 영웅'이 되었다. 열일곱 명의 교사들이 한꺼번에 목이 잘렸고 세 명의 스승이 국가보안법으로 구속되었다.

그 85년 교육무크지 사건의 해직교사들이 모여 실천문학사에서 '해직 철회 성명서'를 발표할 때 이문구 선생님이 출판사 주간이었고 소설가 송기원 선배가 편집장이었다. 해직의 소용돌이에도 그가 내 옆에 앉아 있다는 게 신기했고 당혹스러웠다. 그 순간,

'저는 이번 『민중교육』에 소설 「비늘눈」을 쓰고 해직된 교사 강병철입니다. 소설가 후배라구요.'

어깃장으로 들이박고 싶은 것이다. 그러나 허사였다. 나는 팔뚝으로 전해오는 맨살 체온만 감지한 채 한 마디 말도 건네지 못했다. 그는 '부당하게 해직된 교사들을 당장 복직시켜라'는 규탄 성명서를 우렁차게 읽더니 유상덕, 김진경, 윤재철, 고광헌, 심성보 등 몇 사람과 악수를 했을 뿐 나에게는 눈길조차 주지 않았다. 그렇게 '황홀한 허망함'을 땅속에 꽁꽁 묻을 수밖에 없었다. 실천문학사 창문 너머 순대국 가마솥 쇳소리가 쟁쟁 울려 퍼졌던가. 사랑 고백을 섣불리 하지 않음을 참으로 다행으로 여겼고.

그즈음 모태 결벽증에 묶여 헤매는 중이었다. 나는 착한 교사다. 나는 아이들을 사랑하기 위해 태어난 스승이다. 그대들이 아무리 침 발라가며 거짓말해도 나는 절대로 나쁜 사람이 될 수 없다,며 빗속에서 우산을 받고 몸을 세웠다. 그리고 아전급 관료들의 배반감에 당혹해하면서 끝까지 평행선으로 가겠노라고 마음 다지며 더욱 고독의 길에

익숙해졌다.

마흔 살.

첫 소설집 『비늘눈』을 출간했다. 첫사랑처럼 설레었으나, 기껏 한겨 레신문에 성냥갑만 하게 실렸을 뿐이어서 조직의 쓴맛을 제대로 본 셈이다. 대신 몇몇 선배가,

"충청도 사투리 좋대. 이문구, 김성동의 대를 잇는 작가가 될 거야."

"보령 사투리 잡아먹는 스산 사투리 등장했네, 이."

그런 정도의 칭찬을 받았지만 나는 정작 이문구 선생께 단 한 권의 창작집도 보내지 않았다. 좀 더 숙성시켜 대등하게 만나겠노라 마음 다지며.

그 사이에 벗들은 그와의 기행을 연달아 터뜨렸고 이따금 나를 연결 시켜주기 위해 등을 떠밀기도 했다. 느닷없는 방문 직후 새도록 술떡 으로 뒹굴었다던가. 더러는 닫힌 문고리 잡고 펑펑 울었다고 했고, 원 고지를 통째로 넘기고 호된 야단을 맞았다며 신기해했고 더러는 뜻밖 의 격려를 받았다며 즐거워했다. 실제로 벗들과 선생님은 그렇게 붙어 있었으나, 웬 일일까, 나 혼자 '말뚝을 벗어나려는 암소'처럼 빙빙 돌 았을 뿐이다. 몸은 뜨거웠으나 가슴을 열 수 없었던 것일까. 대신,

'이제 중년으로 기우는 중입니다. …멀었나요?'

오물오물 입술 올리는 연습만 수십 번은 넘었던가.

경기도 어디쯤 상갓집에서도 그랬다. 그가 망자네 마당가 화톳불 맞은편에서 불을 쬐고 있을 때도 내 눈길은 오로지 그의 가슴을 향해 꽂혀 있었다. 그러나 정작 눈동자가 부딪치는 순간 재빨리 등을 돌린 채 구두코만 내려다보았으므로 그가 나를 알아볼 턱이 없었다.

여럿이 짬뽕으로 섞인 교자상에서 술잔을 나누기도 했다. 그래봤자 그는 투명인간에게 잔을 돌리듯 얼굴을 쳐다보지 않은 채 술을 따랐고 나도 그를 흉내 내며 조금 오만한 자세로 술잔을 돌려주었다. 그러면서 화장실 거울 앞에서 짝사랑 고백 연습에 몰두하는 건 도대체무슨 행태란 말인가.

'칼을 겨누니 맨가슴 열어주세요. 이게 사랑의 표현입니다.'

당연히 그 고백도 땅바닥에 파묻었다. 단말마의 외침으로 날을 세우면 그냥 뻘쭘하게 팔짱만 끼고 있을 것 같아서… 그대 앞에만 서면 몸이 작아지는 것이다. 그런 세월 스무 해가 쏜살같이 흘러버리다니.

내가 교편을 잡던 공주에도 수시로 출두했다.

문학제나 학술제에 초청강사로 그가 등장하면, 지역 소설가가 꼭 참석해야 한다는 주최측의 성화 때문에 어쩔 수 없이 끌려가는 척 어기적어기적 움직여야 했다. 마찬가지였다. 식당에서도 나는 말석에 앉아 소주잔만 홀짝거렸고 찻집 다예원에서 국어과 교수들과 한담을 나눌 때도 칸막이 저쪽에서 고독한 표정으로 담배를 피웠다. 동숙자들은 그의 사소한 너스레에도 박장대소하며 한갓진 시간을 누렸고 나는 그 소리를 들으며 '더 외롭게 글을 쓰리라' 사랑의 날을 벼리곤 했다.

'이문구 선생은 나를 절대 기억하지 못할 것이다.'

그렇게 규정하면 차라리 마음이 편해지기도 했지만, 여기저기서 불쏘시개를 던져서 물수제비처럼 퍼지는 심장의 파문을 견딜 수가 없었다.

"아니여. 선생님이 나헌티 강병철 그 사람은 목이 왜 아프지, 하며 물었는디."

후배 소설가 한창훈의 말이다.

"공주의 강 뭐시기는 요새 무슨 소설 쓰나 하시던데. 강 선생한테 애정이 철철 넘치지. 부러울 정도여."

동화작가 안학수 형의 언질도 대강 흘려버렸다. 오히려,

'강병철이면 강병철이지, 강 뭐시기는 또 뭐야. 시발.'

퉁방구리가 목구멍에서 간질간질했었고.

"이문구 슨상님 말씀 왈 넘마, 충청도 사투리 엥간하다, 했거덩. 이. 젖망구리야. 슨상님 만나면 운동화끈 졸라매고 술 한판 벌이자닝께. 이. 똥집이 흐뭇헐 때꺼정. 조붓허게 인사 좀 허구."

벗 윤중호 시인의 훈수도 흘려버렸다.

아무래도 선생님은 전망 있는 작가들을 좋아할 것 같은 동물적 촉수 때문이다. 그즈음 생년월일이 늦은 후배 작가들이 천재성이나 노력의 근성으로, 혹은 조직의 힘을 업거나 인간관계로 몸을 키우면서 사방에서 치고 올라왔다. 나도 영역 확장에 고민해야 할 즈음이나 몇 가지 애로점이 있었으니,

전교조의 부채가 가장 컸다.

전교조는 적어도 유치한 문서를 거부하고 저항할 줄 아는 스승들의 단체였고 특히 나는 모태 원조의 캐리어가 있어서 찰떡궁합인 척 붙어 있어야 했다. 교무실에서 전교조를 강변했고 그 강령에 따르려 노력하며 불법 유인물들을 돌렸다. 불법 시위 기념 최루탄을 맞았고 징계위원회에도 다섯 차례 출두했다. 게다가 시국이 '마주 오는 열차'로 치킨 게임 중이었으므로 그 도정의 일탈이란 상상할 수 없었다. 오히려 동지들에게,

'투쟁의 시기에 문학에만 빠져있다.'

그런 단순성 질타에도 반성 모드로 다소곳이 옷깃을 여미곤 했다.

이차구차 문장과의 간극이 쬐끔씩 벌어지는데, 언제부터였나, 그가 암 투병 중이라는 소문이 들리는 것이다. 아, 하필 또 암인가….

대천의 마지막 대면.

후배 작가 김종광의 결혼식 때 그 마지막 드라마 예고편이 불쑥 앞을 막는 것이다. '만남의 광장' 2층 첫 번째 횟집 술자리에서다. 송기원 선배나 유용주 시인, 착한 시인 신경섭이나 최경실 선생 등이 합석하면서 주안상이 시작될 타임이다. 그가 크로마뇽인 골격으로 기우뚱 쳐다보기에 나도 반가운 척 재빨리 고개 숙였으나, 순간 머리가 어항처럼 출렁출렁 쏟아질 것 같아 창문 쪽으로 몸을 돌렸다.

'사랑하는 사람의 몸이 아프구나. 어쩌면 오늘이 마지막이겠구나.'

갯바람이 몰아치는 바닷가 수평선만 코끝이 시리게 바라보았다. 그런데 눈시울 젖는 와중에도 자꾸만 확인하고 싶은 게 있는 것이다.

'선생님이 나를 알아보긴 한 걸까.'

'그냥 암세포가 욱신거려 기우뚱했는데 내가 화들짝 고개를 낮추는 건 너무 오두방정 저자세 피운 건 아니었을까.'

그런 강박증을 누르며 부서지는 파도만 바라보았다. 동시에 이제는 그런 무심한 포즈를 지워도 괜찮을 듯싶었는데 그가 하늘나라로 조금 먼저 떠나셨다.

나는 다른 문사들처럼 주저앉아 꺼이꺼이 통곡하진 않았다. 그저 서울대병원 장례식장에서 관촌 수풀 뼛가루 뿌리던 마지막 순간까지 그림자처럼 동행했을 뿐이다. 그랬다. 보령 어디쯤에 그의 수풀 문장이 그대로 남아있었다. 그니의 뼛가루를 뿌리며 나누지 못한 사랑 절대로 후회하지 않겠다며 쿵, 쿵, 쿵 가슴 다지는데, 쟁반 같은 석양 속으로 철새 떼들이 끼룩끼룩 가슴 후비던 그 『관촌수필』이 어둠에 싸이는 중이었다. 그런데 문득 박용래 시인의 호통치던 스크린이 떠오른 것은 무슨 이유일까.

야 이놈 문구야 내가 군산은행에서 돈을 싣고 함경선 타고 청진, 함흥 지나 블라디보스톡 가는 두만강 철교에 이르렀을 때 눈이 얼마나 많이 내렸는지 넌 모를 거야 두만강 철교 위로도 차창으로도 눈발, 눈발 출렁이는 시푸른 물결 위로 소나무 위로 하늘로 땅으로 온통 눈발, 눈발 미친 듯이 눈이 내렸어 정말이야 세상은 온통 눈으로 뒤덮였어 보지 않은 사람은 암만 얘기해도 믿질 않겠지만 그렇게 많은 눈발을 본 사람은 아마 나뿐일 거야 정말이야.

시인 박용래가 강경 욕쟁이 할머니네 목로에서 소설가 이문구의 손목을 부여잡고 하염없이 울던 장면이 쿵, 하는 스크린으로 펼쳐졌다. 용래 선생이 자꾸 묻는 건 외로운 시인의 전형적 어리광이다.

"이놈 문구야. 그때 그 눈발을 쳐다보는 내 심정이 워땠겄니. …이? 워땠겄냐닝께?"

"봤으야 알쥬. 지가."

"너두 한심허다. 안 봤다고 몰르몬서 무슨 소설을 쓴다구 그려. 나는 이눔아 워땠는지 알어?"

"몰류."

"나는 후엉후엉 울었단 말여. 여이, 우끼는 늠아."

"그류… 흐이구. 지 어깨에 기대시구 흠뻑 우슈."

그는 엄살쟁이 울보 시인들을 다독여주는 그늘 넉넉한 느티나무였다. 어린 벗들이 그의 자양분으로 달밤에 씨를 뿌렸고 땡볕에 알토란 밭을 일궜다. 유독 나에게만 그 연이 끝까지 닿지 않았을 뿐이고.

2011년 12월.

학습연구년을 신청했다. 교직 생활 수십 년(해직 4년은 빼고) 만에 처음으로 '안식의 1년'을 꼬박 챙길 수 있는 알토란 찬스를 절대로 놓칠 수 없었던 것이다. 서류를 미리 올리고 면접에 들어간다. 1년의 안식을 위해 5분 정도 눈을 내려줄 참이다. 면접관들 다섯 명도 나처럼 초로의 문턱 이쪽저쪽 동반자들인데,

"책을 열 권 넘게 내셨네요. …선생님께서 가장 존경하는 작가가 누구십니까?"

"소설가 이문굽니다."

"친하셨겠네요. 충청도에 함께 사는 소설가니까요."

"… 네."

'깊은 소통 없이 먼저 세상을 떠나서 아픕니다.'

차마 그 고백을 할 수는 없었다. 3분 만에 면접을 끝내고 문을 나서는데 찬바람이 가슴을 뚫고 휑하니 지나갔다. 나는 그 이유를 잘 알고 있다.

2015년 4월의 마지막 날 대학도서관.

오늘은 『작가마루』를 뒤적여 박명순의 「바흐친과 이문구」를 읽다

가 오랜 만에 그를 겨누어본다. 캠퍼스 철쭉꽃 더미로 잠깐 비쳤던 그
니의 팔목이 순간적으로 이마를 딱 때린다. 반갑다. 추적자의 벼랑 끝,
저 벌판은 여전히 안개 바다로 뿌옇다.

　'드디어 만났군요.'

　아름드리 팔을 벌렸으나, 없다. 그를 지그시 응시하려는 순간 휑 하
니 사라진다. 저수지 옆댕이 슬라브집 그니의 전봇대에 안착하고 싶었
으나 꿈은 그예 꿈으로 끝난 것이다. 그런데 이상하다. 그가 도깨비
불로 사라지면서 '분하다' 손등 뜯어야하는데, 정작 나는 왜 화사한
안도감에 젖는 것일까.

한창훈의,
서이가 아름다운 진짜 이유는?

남해안 거문도가 배경이다.

유년의 갯벌 그리고 가을 운동회가 점차 선명하게 자리 잡으며 빗장을 연다. 지금은 박 터뜨리는 오자미처럼 현란한 갯마을 잔치의 정절즈음이다. 김을 '쉿, 쉿' 뿜어대는 가마솥과 돼지비계, 막걸리와 아이스케키 북새통 틈새로 국민체조 배경 음악이 행복의 정취를 뿌려준다. 점심 이후 첫 경기는 '손님 찾아 달리기'이다. 화약총이 울렸고 키다리 소녀 서이가 '손님 찾아 달리기'에서 1등으로 노루발 쭉쭉 뻗으며 뛰는 중이다.

그런데 쪽지 줍기 트랙선까지 1등으로 도착한 단발머리 서이가 먹하니 서 있다가 갑자기 울음을 터뜨린다. 서이에게는 쪽지에 적힌 손님의 이름 '어머니'가 안 계시기 때문이다. 태어나서 단 한 번도 기억이 없는 어머니가 운동회 달리기에서 짠, 하고 나타날 수 없지만 너무 비

통하게 그러서는 안 된다.

작가는 그저 서이의 머리카락에 붙은 저녁놀 붉은 색깔만 그려낼 뿐이다. 그러니까 소녀 서이가 운동장 모퉁이 어디쯤에서 울음을 삼켰는지는 행간으로 찾아야 한다. 그게 한창훈이다. 그의 글이 아프면서도 아주 슬프지 않은 이유는 가슴이 뻥 뚫리는 순간 젖줄 같은 점액질로 채워주기 때문이다. 벗들에게, 그가 지천으로 심어놓은 여백을 찾아보라고 권하는 이유다.

그 다음엔 낱낱에게 지칭된 이름자들이다.

형형색색의 바닷고기 떼라고 하지 않고 놀래미, 쏨방어, 참돔, 망상어, 돔발상어, 쥐치, 소라 등 저마다의 특장으로 등장시킨다. 그물을 털어내면서 배말, 밤살, 보찰, 쥐노래미, 볼락, 삼치, 용치놀래기, 동갈치, 감성돔이라고 일일이 총천연색으로 만지고 쓰다듬는다. 마찬가지다. 수평선 위로 내민 흙덩이들을 그냥 다도해로 묶어서 명명하지 않고 돌산도, 백야도, 개도, 사도, 금오도, 소리도, 손죽도, 평도, 초도, 거문도, 광도, 부학도, 손죽열도, 초도라고 다도해의 못난이 섬 하나까지 자잘하게 짚어준다.

무릇 낱낱의 사물들에게 이름자를 부여하는 게 작가의 의무다. 그제야 물체 하나하나 거친 손으로 쓰다듬으면 성성하게 비늘을 터뜨리는 갯것들…. 어떠신가? 흩뿌려진 사물에 이름이 붙여질 때쯤 부유하는 스크린을 끌고 와 한바탕 진하게 주무르고 싶은 마음이 움트지 않는가. 그물 뚫는 갯바람 받으며 쏘주 한 잔 기울이는 방파제가 떠오르지 않던가.

그리고 '서이'라는 세련된 이름의 유래를 살펴야 한다.

60

21세기 스마트폰처럼 잘 마사지된 것처럼 보이는 그 이름자의 유래
는 '써니'나 '푸르메'처럼 세련된 기호의 조합이 전혀 아니다. 그저 잠
뱅이 할아부지들이 숫자를 꼽을 때 흔히 나오는 '하나, 둘, 서이, 너
이…' 할 때의 그 '서이'일 뿐이다. 그냥 '서이'라고 작명한 것으로 모두
빈천한 집 갑남을녀의 딸내미들 순번일 뿐이다. 백사장이건 갯펄이건
그런 식의 '서이 잔치'가 쓸쓸한 배경으로 널려 있었다.

갯바위 따개비 유년을 보냈던 서이들은 어른이 되어서도 돌부리 거
친 섬 사내를 만나 고초를 연장시킨다. 당장이 고달프니 미래의 고달
픔은 예단할 틈이 없다. 스무 살에 산골 깊숙한 곳으로 시집 간 서이
와 마산공단 산업계 야간 학교로 떠난 서이가, 조금이라도 섬으로부
터 멀어지고 싶었던 방직공장 서이가… 도시의 웬 사내와 불현듯 사랑
을 나눴다가 뱃속에 아이만 잉태시키고 도망친 남자 부르며 옥상에서
떨어졌던 가발공장 서이들이 등장한다. 그게 보릿고개 보내던 우리의
어머니요, 누이다.

오늘도 아낙이 된 서이들의 손에 의해 홍합, 장어가 도마 위에 오르
는 것이다. 피조개, 새조개, 서대, 굴 등 바다에서 생산되는 모든 것이
해체되고 연탄불 석쇠 위에서 알몸을 드러내는 것도 '서이들의 손길'에
서부터 시작된다. 노동을 마친 서이들은 수은등 아래에서 버스를 기다
리다 개미더덕 갈라 소주를 마시고 아주 흔한 신파조 뽕짝으로 애환
을 달랜다. 더러는 육지로 나온 서이들이 비정규직이나 환경미화원이
되어 정리해고를 당한 채 눈보라 농성에 돌입하기도 한다. 철없는 캠
퍼스 아해가,

'아줌마, 시험공부에 방해가 되니 마이크 끄세요.'

하면, 먹하니 서 있다가 캠퍼스의 아들, 딸들에게 무릎 꿇은 채,

'공부를 방해했다면 미안해. 하지만 우리는 그만큼 절박하단다.'

울면서 하소연하는 늙은 서이의 타는 가슴을 놓치면 절대로 좋은 작가가 못된다. 그의 출세작 『홍합』(제3회 한겨레문학상)에 나오는 연등천 홍합 공장 강미네, 광석네, 석이네, 혜숙이네처럼 웃음 헤픈 서이들이 모두 그미들이다. 나중에 서이들은 한창훈의 문학상 상금으로 스탠드바에서 오브리를 때리며 차차차로 돌아가던 중년의 여인으로 돌아오기도 하였다.

이번에는 영상으로 보이는 갯마을 풍경이다.

『한창훈의 향연』(『한창훈의 나는 왜 쓰는가』로 재출간)을 넘기다 보면 파도 더미의 색깔이 흑백으로 투영된다. 그 흑백의 바다는 생존의 일터이니, 벗들, 불현듯 튀어오르는 물보라가 어디 피서지의 휴식 풍경으로 떠오를 것 같은가? 아니다. 그 풍경의 아기자기함 사이로 비치는 처연함을 만나면서 독자들은 싸- 하니 가슴부터 문질러야 한다. 바다와 하늘로 경계가 서 있고 이따금 그 선을 명징하게 드러내기 위한 바위와 나무가 조합되기도 한다. 그 조합을 만지고 쓰다듬어서 캐릭터로 만드는 게 작가이다.

리아시스식 바위 너머로 가없이 펼쳐진 바다.

그 다도해가 한창훈의 원형이자 남해안 어부들의 지난한 생존 터이다. 사진 속의 풍경은 당연히 강바닥 시멘트 공사나 바다를 뚫는 해저 공사도 없다. 가끔 후미진 골목길 수은등 아래로 포장마차나 선술집이 등장할 뿐이다. 붉은 커튼의 유곽 골목이나 늙은 포주들, 눈보라

쏟아지는 시장통 좌판까지 이제는 서서히 저물어가는 풍경들, 가끔은 잊혀졌던 진한 커튼 자락 사연이 포승줄 되어 온몸을 칭칭 동여맬 것만 같다. 그 커튼 바깥쪽으로 아낙들의 손바닥 장단이 쏟아지기도 한다. 가사는 아프고 넉넉하며 고달픔 사이로 흥겨움이 묻어날 뿐이다.

　생각이 나면 생각이 나면 내 이름을 불러주세요
　달과 별이 없는 어두운 밤도 당신이 부르시면 찾아 가리다

　그런 신파조 뽕짝에서도, 입술은 웃고 있지만 눈빛의 슬픔은 감출 수가 없다. 그러니 죄다 기다림의 사연이 된다. 삶의 질곡도 기다림이요 젓가락 장단도 기약 없는 기다림뿐이다. 그 기다림의 해소가 연탄불과 조갯살이요, 아주 가끔 때리는 노래방 스크린에 침 발라 붙이는 오빠들의 배춧잎 정도가 된다.

　꽃 피면 온다더니 열매 맺어도 오지 않네
　세월만 무정터냐 사람도 무정터라

　무릇 사연들이란 게 모두 헤어짐과 연관이 된다. 떠나간 이름을 아무리 불러도 한번 간 철새 떼처럼 돌아오지 않는다. 바다는 또 얼마나 많은 사람들을 그의 넓은 품으로 데려 갔는가. (아니, 앗아갔는가.) 아무리 그물코를 촘촘히 엮어도 그리움의 단어는 빠져나갈 구멍을 찾아내기 마련이니 붙잡을 마음을 접어라. 그래서 그의 문장은 기다림의 장단을 토해내는 '서이'들의 장단으로 도배되어 있다. 그게 그의 숙

명이다.

한창훈은 거문도 움막에서 살고 있다.

그의 일과는 단순하다. 새벽 기상과 함께 공복의 담배를 피워 물며 바람의 방향과 파도의 강도를 가늠한다. 바닷가에 사는 몸으로서의 관성적 예법을 갖추게 되면 그게 전업 어부이다. 그리고 낮에 읽고 밤에 쓴다.

창작은 노동이요 독서는 워밍업이니, 낮에 휴식처럼 읽고 밤에 생계형 글과 맞장을 뜬다. 가끔 생계형 낚시로 생선국을 끓여 자양분을 채우며, 민초들의 술자리 이야기를 생계형 그물로 포획해서 머리에 채워 넣는 것이다. 이따금씩 던지는 말들은 상대방의 문장을 받아내기 위한 추임새일 뿐이다. 그의 피붙이요, 외삼촌이나 당숙모나 사돈의 팔촌 같은 장삼이사의 사연이 잡히는 대로 일단 구럭 속에 쟁여 놨다가 한번 꺼낼 때마다 꼬질꼬질하게 다듬어지는 것이다. 그래서일까, 그의 글은 슬프지만 개펄처럼 끈적끈적한 해학을 보여준다. 그냥 헤실베실 웃기는 익살이 아니라 민초의 에너지를 숨긴 해학이니, '내포의 이문구 사투리'처럼 짭조름한 뻘맛이다.

그는 천상 바다형 유전자이다.

아홉 살 때부터 해녀인 외할머니를 따라 잠수하는 법을 배웠으니 모태 물개다. 어렸을 때부터 해녀들 틈에서 남해바다 노을 젖은 전복 망태를 날랐단다. 해녀들의 잠수복 갈아입는 허벅지에서 곁눈질 성교육을 체득하기도 했다. 늙은 해녀 하나가 여섯 살 창훈이를 발견하고 잠수복을 벗을까 말까 아주 잠깐 망설이다가 돌아서서 엉덩이만 보인 채 갈아입기도 했으니 꼬추 잠지 혼자 고즈넉한 파도처럼 자르르 떨렸으리라. 그렇게 해녀들 따라 잠수를 배웠고 자맥질해서 전복과 소라 따는 법을 배우면서 허벅지가 굵어졌고 곁털이 돋았다.

청년 시절에는 막노동과 음악다방 디제이, 트럭 운전사와 커피숍 주방장, 포장마차를 거쳐(그의 대학시절 포장마차는 내가 방문한 적이 있다.) 마침내 전업 작가의 길을 걷는다. 첫 출발은 건달 작가처럼 보였는데 시나브로 '한반도의 작가'로 몸집을 불려버렸다. 그렇다. 시나브로다. 한때 내가 그를 넉넉하게 품어주고 싶었는데 어느새 언덕배기 저만치서 장승처럼 자리잡던 세월의 시나브로다.

그는 포구의 작가지만, 중년의 한때 빙하대륙을 제외한 오대양 육대주를 싸그리 섭렵하는 행운도 만난다. 유용주, 안상학, 박남준과 두바이, 홍콩, 로테르담, 인도양, 수에즈 운하, 지중해, 북대서양까지 대장정을 돌파했으니 그게 시야를 확장시키는 자양분이 되었을 것이다. 다시 창고를 여는 순간 고였던 봇물이 또 쏟아지리라. 조금은 부럽다. 망망대해에서 술을 마시고 망가지면서 글을 쓰는 행운이 그에게만 낙조처럼 쏟아졌으니, 그의 바다가 훨씬 넓어졌다는 얘기다. 태초에 사람이 바다로부터 생산된 게 틀림없다지 않는가.

그는 섬세하다. 개미구멍을 놓치지 않는 송골매의 눈매가 있으니 이게 청년 벗들에게 『한창훈의 향연』을 권하고 싶은 이유다. 소설가 공선옥이 그를 돌고래로 비유했으나 이는 봉두난발 덩치와 남도 사나이 풍모 때문일 뿐, 기실 그는 지겹게 섬세하다.

한국작가회의 사무국장 시절, 그 대책 없는 글쟁이들의 빨간 경고등 술판을 끝장날 때까지 지켜보며 순서대로 조근조근 처리하던 꼼꼼쟁이 사내다. 주사(酒邪)파의 멱살잡이는 근력으로 정리하고 노숙자 시인의 숙소는 반드시 챙겨주되 택시비는 지하철이 떨어졌을 때만 특별 서비스로 지불한다. 댓살 빠진 우산도 바르게 접어야 하고 가스가 닳은 라이터도 분리해서 버려야 한다. 청양 국도변에 있는 '둘째 딸 산수 백점 기념 수박 오십 프로 세일' 같은 현수막을 그가 놓칠 리가 없다.

젊은 벗들, 우리 시대의 청년들은 어떤 의식으로 살아가고 있는가. 보라, 너무 빠르다. 자본주의의 약진은 눈앞의 무엇 하나 진득하게 기다리게 하지 못한다. 그리고 더 가열차게 경쟁하라고 브라운관과 활자 문서와 액정들이 쑤시고 재촉한다. 빠른 놈에겐 평생 비싼 밥 주고 느린 놈에겐 용수를 씌우겠다고 산지사방에서 목을 조인다. 하여, 개발의 굴삭기 위로 인터넷과 스마트폰 동영상이, 페이스북의 포르노가 지천으로 빵빠레를 울린다. 그래서일까, 요즘은 장마철 비도 아열대성 스콜이요 온난화의 쓰나미 시대다. 전염병 구제역으로 백만 마리가 넘는 가축들이 땅 속에 파묻히는데도 송아지 떼처럼 가둬놓고 오로지 학습지 문제만 풀어대는 세상이다. '함께 발을 맞추자' 부탁하려고 하면 벌써 저만치서 따로따로 놀고 있다. 그건 그렇고,

마지막으로 객쩍은 삽화 한 장.

글쟁이 열댓 명이 술판을 벌이던 스무 해 쯤 지난 풍광이다.

7년 연상의 선배는 자칫 기우는 달처럼 비쳐지는 게 불안했고 후배는 떠오르는 서포트로 피차간에 예고된 명암이 엇갈리는 자리였던 것 같다. 선배는 취할수록 외로워졌다. 언제부터였나, 우르르 따라주던 소주잔도 뜸해지더니 예전의 얼라들이 즈이끼리 삼삼오오로 히히덕대는 것도 마뜩치 않다. 선배는 권력 구조의 지각 변동을 인정하면서 '나

홀로 자작 소주'를 두어 잔 더 들이키며 불콰해졌나. 선배가 잠깐 자리를 떴으나 기실 술판은 아무 상관없이 무르익는 중이다. 갑자기 카운터로 후배를 찾는 전화가 왔다. (핸드폰이 없던 시절, 오줌 누러 나간 선배가 바깥 공중전화에서 카운터 전화로 호출한 것이다.) 후배가 받자마자 선배가 소리 지른다. (사실은 연출도 있긴 했다.)

"너, 왜 나한테 술 안 따라주는 거야. 삼색갸."

"아— 예. 죽을 죄를."

후배는 그제야 자크를 채우고 일단 조붓하게 소주를 따랐다던가. 그 선배가 필자이고 후배는 한창훈이다.

지금 그의 몸은 깍짓동만 하다.

이정록,
글자 조련사

그는 조련사다.

통나무 위에 세운 뚱땡이 코끼리 재롱부리기로 박수 받으며 '당근과 채찍'을 번갈아 던지는 동물원 소속 조련사가 아니다. 그의 종목은 문장 조련이다. 그물망에 걸린 만상의 글자들을 손가락 까딱이며 제압하는 유격장 조교 풍 문장 사육사이다. 그가 호루라기를 불면 흩어졌던 글자들이 오그르르 헤쳐모여 통닭구이나 원산폭격 준비를 한다. 그가 손가락질로,

'저기 산등성이 너머로 보이는 전봇대까지 선착순'

뻥끗 입술을 놀리면 뺑뺑이를 돌고 온 '벌레의 집'이나 '널려 있는 의자'들이 바싹 긴장한 채 부동자세로 대기한다. 뒤따라 온 '주름진 풋사과'나 '제비꽃 맹랑 여인숙'들도 덩달아 시끈시끈 벌겋게 줄을 선다. 검증이 시작되면 단어와 문장들이 홀라당 깨벗은 채 저마다의 코

디로 바쁘다. 스쳐가는 사물마다 반어와 메타포, 뒤집기나 브릿지로 길들인 다음 최종적으로 사유의 종이비행기를 날리는 것이다. 그러다가 그가,

"욕 봤다. 글자 올빼미들 지금부터 10분간 휴식."

그 순간 문장들이 '와, 살았다.' 안도의 한숨으로 '담배 일발 장전'이다. 그래서일까. 그의 시는 깊으면서 아주 밝다.

겨울강, 그 두꺼운
얼음종이를 바라보기만 할 뿐
저 마른 붓은 일획이 없다
발목까지 강줄기를 끌어올린 다음에라야
붓을 꺾지마는, 초록 위에 어찌 초록을 덧대랴
다시 겨울이 올 때까지 일획도 없이
강물을 찍고 있을 것이지마는,
오죽하면 붓대 사이로 새가 날고
바람이 둥지를 틀겠는가마는, 무릇
문장은 마른 붓과 같아야 한다고
그 누가 일필(一筆)도 없이 휘지(揮之)하는가
서걱서걱, 얼음 종이 밑에 손을 넣고
물고기 비늘에 먹을 갈고 있는가

—「갈대」 전문

겨울강이다.

수맥의 흐름조차 꽁꽁 얼어붙은 겨울강에서 바바리코트의 사내가 벼 낟가리 모양으로 서 있다. 붓대 사이로 날개 치는 새 떼나 둥지 튼 바람의 형상이 판타지로 떠오르는데 그는 하필 얼음종이에 손을 짚고 물고기 비늘의 먹(墨)을 가는 것일까. 왜 세상은 갑자기 정지된 동토(凍土)로 변신하는 것일까?

답변은 단순 우직하다. 초록 위에 초록을 겹칠할 수 없으므로 한겨울까지 강물에 발목 담근 채 수묵의 세월을 기다린다는 것이다. 답답한 건 구경꾼들이고 그는 여전히 '말이 되잖아' 너스레다. 버드나무에 매달린 벌레의 집이 아늑할 때까지 겨울잠을 보내며 드라이하게 기다리는 시인, 그가 조련사 이정록이다. 그래서 수준 높은 독자들도 표출 순간 무조건 허구가 담보되는 언어적 속성을 깜빡 잊은 채 그의 스펙트럼에 빠지는 것이다.

> 기(器)란 글자엔 개 한 마리를 가운데 두고
> 방싯방싯 웃는 행복한 가족이 있다
> 옹기종기 그릇이 늘어나는 경사가 있다
> 곡(哭)이란 글자엔, 일터에 나간 어른 대신
> 남은 아이들 지키느라 컹컹 짖는 개가 있다
>
> —「식구」 부분

그는 고등부 한문과 훈장이다.

시집 『정말?』에는 전공을 내세우며 '기(器)'를 풀이하는 타법을 선보이며 또 문자의 영역을 넓혀버렸다. '개 견(犬) 자'를 가운데 두고 울리고 웃는 민초들의 실상을 그려내면 독자들은 '아차, 이것도 시가 되는 건데' 하며 그제야 무르팍을 친다. 뭇 인간들이 흘려보낸 '고정관념의 벽'을 '나만의 눈'으로 끌어내니 그게 피댓줄처럼 빨려가는 글자의 마력이다. 깊이 빨리면 온몸이 아작나고 일찌감치 스위치를 끄면 시동이 식어버리니 꼭 그만큼의 경계가 중요하다.

그래서 '입 구(口) 자' 네 개—작은 입, 큰 입 골고루 섞인 행복한 가족 구성원에서 큰 입 둘이 빠지면 단숨에 '울 곡(哭)'이 된다. 그 '울곡(哭)'이 다시 분위기를 뒤집어버린다. 어버이를 여읜 나머지 작은 입들은 개처럼 엎드려 땅을 치던 동작을 멈추고 갑자기 화사하게 웃는다. 즈이 식솔들 밥그릇 행복을 지켜주는 재미에 빠져 방싯방싯 세월을 보내는 것이다. 그즈음 '곡(哭) 속의 개(犬)'는 다시 어린 입들을 지키는 수문장으로 변신한 채 틈입자를 향하여 거드름 목청을 내는 것이다. 하나가 짖으면 온 동네 개새끼들이 별자리 흔드는 목청으로 컹, 컹, 컹… 돌림노래를 부른다. 꿈보다 해몽에 빠져 울다 웃으며 독자들은 저마다 사유의 바다에 빠진다. 조금은 어리벙벙한 채 갸웃대다가,

'앗, 이거였구나.'

제압당했음을 인정해야 한다.

시인은 꽃살문에서 '방년(芳年)'이 아닌 천년만년 고정시키려는 칼끝과 붓끝을 찾아낸다. 그 붓끝의 떨림과 칼자국을 바람에 완전히 삭혀 내어야 영원한 방년을 만날 수 있다는 것이다. 물리적으로 불가능한 것을 자신 있게 눈앞에 들이미는 것, 그게 조련사의 눈이다. 마찬가지다. '활(活)'에서 '혀(舌)가 젖어 있어야(水) 먹을 수 있음'을 발견

하는 것과 그 행간에서 '여자의 끝 모를 일생'을 찾아내는 것도 시인만의 직관이다.

　그렇다. 시의 근본은 직관이다.

　그래서 그는 지금도 법당에 가부좌한 마음 수련과 주둥이 훔치는 속세의 경계에 서서 삼라만상 시의 씨앗을 탐닉하려 하고 있다. 그러다가 스크린이 잡히는 순간 '두꺼비 헛바닥'을 재빨리 뻗치니 소요 시간은 딱 1초다. 네 이놈, 잡았다. 잠시 세상이 정지되고 '찰나의 전리품'이 포로로 남는다. 그게 겨울강의 '갈대'이고 연못 속의 솥단지이고 토종닭 목구멍 막히게 하는 보리앵두다.

　문득 보리앵두를 눈으로 먹자고 선언한다.

　토종닭들이 가난뱅이 훈장님의 툇마루 시야에 잡힌 보리앵두를 왠지 모조리 씹어 먹을 것 같아 일찌감치 예방의 깃발로 맞서는 것이다. 자칫 싸돌아다니는 토종닭들 목구멍이나 막히게 하므로 앵두알 눈동자로 규정하면 어느새 딱딱한 앵두씨가 항문을 통과해 씨앗으로 파종될 것 같다. 그니를 탐내는 숨결이 나타나면 앵두 이파리 뒤에 숨어 날갯깃이나 다듬자며 허리띠를 잡지만 에헴톨톨 도사 풍은 절대 아니다. 이제 앵두는 눈앞의 사물이 아니라 영상 속의 실루엣이 된다. 그래야 새 소리나 바람 소리뿐만 아니라 달빛까지 앵두나무에 걸쳐놓고 벗삼을 수 있기 때문이다. 고흐의 '삼나무밭'처럼 부글부글 치밀어 오르는 게 아니라 김홍도나 신윤복처럼 '나른함 속의 낄낄댐'을 시나브로 심어주는 것이다. 그게 문장의 편안함이다.

　나는 생긴 게 그렇다.

유년의 표정은 귀공자 마스코트였으나 갈수록 털털해지다가 중년 이후 후덜덜 망가져버렸다. 갯마을 교장 선생님 아들이었지만 객지 생활로 구르면서 첫 인상마다 하층민 대접을 받았었다. 택시기사들은 공사판 잡부로 모셨고 대전 역전 형사들은 불심검문 단골손님으로 찍어보곤 했다. 80년대 역전 광장에서 여섯 명의 친구들이 '목장길 따라 밤길 오는데' 뽐바뽐바 기타를 치는데 하필 내 옆구리만 찌르며 주민등록증을 요구하던 사복형사의 불심검문을 지금도 이해하려고 노력하고 있다. 당연히 괴롭지는 않았다. 단순 우직한 척해야 했고 무능하고 자학이 심할수록 시인 체형에 가까워지는 줄 알던 청춘이었으므로 더 음습한 귀곡성 포즈를 즐겨 했었는데,

이정록은 완전 반대다.

안경 속 눈빛부터 피부까지 구김살이 없으나 귀공자 스타일이다. 하지만 출신 성분으로 치면 그가 오히려 지난한 족보의 전형이었다. 무늬만 부잣집 도령의 생김새일 뿐 60년대 가난한 농투산이의 생산품이었더란다. 여고 진학을 포기하는 대신 얻어 입은 태안여상 자주색 오바를 입고 나물을 캤다는 누이의 보릿고개 사연은 '슬픈 해학'이다.

언제였던가. 내가 유용주 시인과 홍성에서 청양 쪽으로 넘어오는데 문득,

"형, 저게 이정록네 집이야."

논두렁 밭두렁 지나 고추잠자리와 미루나무 그리고 시퍼런 초가을 하늘이 보였다. 황순원의 「소나기」에 나오던 '맑고 청량한 초가을 햇살'의 그 계절이었다. 나는 곁눈질로 아스팔트 너머 시인의 생가를 재빨리 훔쳐보았다. 숱한 그림자들이 점점이 모양을 드러내다가 사라졌

다. 백제 땅 악동들이 60년대 그물망 속 각다귀 떼처럼 엉덩이를 흔들
더니 어디론가 쌩 날아갔다.

그리고 공복 채우던 조막손 숟가락들은 저마다 세월을 타고 식솔
을 살리기 위한 삽을 들었다. 재단사가 되고 포클레인 중장비 기사가
되고 세탁소 주인이나 IMF 실직자, 초등학교 교사나 노래방 도우미,
은행 지점장이 되고…. 이정록은 그니들과 놀다가 느닷없이 낚아채는
정붙이 시인이 되었다.

그 아이놈들이 포플러처럼 우쑥불쑥 크는 사이, 그 옛날 빨래터 아
낙들은 쪼글쪼글 늙어버렸다. 외로울 틈새가 없던 그니들의 겨드랑이
사이로 세월이 너무 빨리 흘러가 이제는 빨래터에서 수다를 부릴 기력
이 없다. 몸도 쇠했고 공간도 사라졌다. 한동안 각패로 살던 할미꽃
들이 이제사 모여들어 깨 볶는 웃음을 터뜨리는 사연은 21세기 최신형
스카이라이프 때문이다. 꿀꿀한 날이면 할미꽃들이 웅숭웅숭 모여 19
금 비디오에 빠진다.

함박꽃 틀니들, 공옥진 초청공연이 따로 없다 웃음바다에 둥둥둥 떠
가는 치매의 복사꽃잎들, 떠돌이 약장수에게 약 들여놓는 일도 없어졌
다 이제 나는 노파 전용 영화관의 맏아들이다 돌아가시기도 전에 벌써
스카이라이프라니! 짠하기도 하지만, 누님은 역시 누님이시다 녹슨 처
마 끝 천국의 접시여 하느님도 세상 재미가 쏠쏠하신가 새털구름 불콰
한 하늘 접시여

—「하늘 접시」 부분

'누나' 하고 떠올릴 때마다 "뭉게구름이 동치미 국물로 뚝뚝 떨어지더라"는, 그 누이의 선물이다. 그 누이가 곗돈 깨어 고향집 어머니에게 스카이라이프를 달아드렸단다. 여고생의 꿈을 거품으로 날린 소녀가 어느 새 중산층 아낙이 되어 늙으신 어머니에게 영구 제품 영화세트를 선사했으니, 세월이 흘렀어도 그미는 심청이표 효녀다. 늙다리 할미꽃들 우르르 19금 실루엣에 취한 풍경이 신신파스처럼 싱싱하다. 빨래터 웃음 파스 대신 함박꽃 틀니들의 19금 스크린이 첨가된 것이다. "허리가 아프니 모든 게 의자로 보이더라"는 그 엄니의 벗들이다.

뽕짝을 듣고 블루스를 추려면 엄니의 굽은 등 때문에 가오리만 한 허공이 생기지만 그네들은 마음이 합체된 찰떡 궁합 모자(母子)다. 장발에 파마로 변한 시인이 고향 사립문을 열면,

"왜 검불을 지고 다니냐?"

다시 머리를 깎고 등장하면,

"농사채 팔아먹었냐?"

불퉁, 떨어지는 말씀마다 은유요, 알레고리요, 민초성 해학이다. 그 엄니의 화법에서 몸의 시를 체화시켰으니 그게 모태 시인이다. "마을이 가까울수록 흠집 많아진 나무"도 만나고 "장롱 뒤에서 쪼그라드는 풍선"도 발견한다.

원고지를 처음 만난 건 초등학교 사학년 때다 뭘 써도 좋다 원고지 다섯 장만 채워 와라! 다락방에 올라 두근두근, 처음으로 원고지라는 걸 펼쳐보니(10 × 20)이라 쓰여 있는 게 아닌가? 그럼 답은 200! 구구단을 뗀 지 두어 달, 뭐든 곱하던 때인지라 원고지 칸마다 200이란 숫자

를 가득 써냈다

—「이백」 부분

그는 초등학교를 여섯 살에 입학했다.

농투산이 부부가 노동의 효용성을 위해 집안의 혹 하나를 일찌감치 처분하기 위해 이태 빠르게 학교에 맡겼을 것이다. 또래보다 나이 어린 입학생이 되어 초장에 동기생들에게 꽤나 치어 사는 유년시절을 보냈을 것이다. 몸싸움에서 밀리고 성적도 딸렸을 것이다. 대신 '나 홀로 고독'의 골방 철학자로 성장하면서 시인의 길을 걷게 될 거라는 직감의 유년이었을 것이다. 이백자 원고지 소문이 교문 밖 초롱산 꼭대기까지 퍼지면서는 그는 이미 이백과 비슷한 운명의 길을 예고 받는 중이다. 원고지 이백 자가 시성 이백을 포획한 것일까.

대학 입학 후 재수, 삼수생 출신들을 만나면서, 동기생들과의 나이가 서너 살 차이로 간극이 벌어지기도 했다. 평론가 정과리도 그랬고 『삶의 문학』 이은식도 그랬다. 문제는 나의 불필요한 참견이다. 나이 정리가 주특기였던 나의 조급증이 '대학 학번 동기끼리도 엄연히 위와 아래가 있다'는 투로 '불편한 동거'에 괜히 끼어들었다. 그는 단박에 그동안 친구로 지냈던 나이배기 동기들에게 호형을 붙여줘서 오히려 내가 민망해졌다. 일주일 후쯤 공주 중동 2층 선술집에서 벗 가덕현과의 술자리였는데,

"여섯 살에 국민학교 들어간 건 내 의지가 아니라 부모님이 들이민 거요."

아이고 또 걸렸다, 생각하는데 아닌 게 아니라,

"두 살 더 먹은 친구들에게 당연히 말을 놓고 지냈고 중고등학교에서도 마찬가지였소. 그게 대학까지 연장된 건데 왜 하필 형님이 정리하쇼?"

나는 가끔 후배들 나이 정리에 끼어들었다가 핀잔을 먹곤 했다. 만화쟁이 동생 강병호와 Y시인 관계에서도 그랬고 소설가 한창훈과 류달상 사이에도 전혀 끼어들 필요가 없었는데, 촐랑대다가 양쪽에서 핀잔먹었다.

> 근데, 이 많은 것들이 언제 내 머릿속에 처박혔나?
> 이마는 어느 새 평상처럼 넓어졌나?
> 가슴 속 잡것들은 다시 옥상에 기어올라가려고, 불끈불끈
> 내 런닝구는 누가 이리도 잡아당겼나?
> 어떤 싸가지가 수박씨를 날리는 거야?
> 고개 들어 텅 빈 옥상을 두리번두리번
>
> ―「옥상이 논다」 부분

암기력이 지능이라면 기억력은 감동이다.

따라서 천재 학자들은 암기력을 통한 연쇄적 확산으로 재(才)를 떨치고 시인은 주정뱅이로 지내면서도 붙박이 기억의 속성으로 글을 쓴다. 대개의 경우 그 기억력은 흔적들을 놓치지 않으면서 시인에게 유리한 쪽으로 편집된다. 기억하고픈 쪽은 동아줄로 칭칭 묶어놓고 불편한 것들은 창고에 쓸어박는다.

시인의 아파트 옥상에 예비군복과 기저귀 널어놓던 빨랫줄이 없어

진 것도 섬세함의 발현이다. 세월이 흐른 만큼 풍광도 바뀐 것이다. 상추와 풋고추, 쌍절봉과 역기와 통기타는 팩트인 동시에 편집일 가능성이 높다. 게다가 고무신 속의 빗방울이나 모기장 묶던 돌덩어리까지 덧붙여준다. 그런데 왜 고즈넉이 텅 빈 옥상이 독자들의 눈에는 좌충우돌 난장판처럼 보이는 것일까. '적막 속의 수선스러움'은 그의 시가 율동을 바탕으로 하고 있기 때문이다. 그래서 그의 언어는 울림의 구체성인 동시에 수박씨 날리는 싸가지가 된다.

글쟁이 중에는 그게 아니면 도저히 아무것도 해먹을 게 없는 무능한 작가 부류가 있고 반면에 이것저것 죄다 후려 먹었으면서 하필 글판까지 평정하여 벼룩의 간을 꺼내 먹는 잔혹사 부류가 있다. 이런 면에서 그는 노래건 그림이건 팔씨름이건 죄다 '진짜 프로 내지 세미프로'급이다. 남인수 노래로 좌중을 웃기고 정태춘 목소리로 좌중을 울린다. 고우영 만화를 거침없이 그려내며 깜짝 놀라게 하면서 곱상한 화상으로 작가회의에서 가장 큰 알통을 소유한 사내. 게다가 신이 내린 화술까지 업고 다닌다. 도대체 문장 하나만 파 먹기 위해 죽기살기로 긴 밤 지새우는 순수혈통 작가들은 어쩌라는 건가.

그는 수다쟁이는 아니지만 한반도의 황구라(황석영) 잡아먹는 김구라(김지하), 김구라 잡아먹는 백구라(백기완)를 새롭게 평정하겠노라, 기염을 토하는 '혀의 시인'이다. 그는 딱 한번 '남북 교사대회' 끝물에서 통일 기왓장을 품으려다 북측 출입국 사무소 컴퓨터 화면에 걸려 자라목으로 얼어붙었을 뿐, 그 후로는 침체된 술판을 살려내는 불멸의 남성도우미다.

망자(亡者) 윤중호 시인이 각설이판 품바였다면, 이정록은 유랑극단

변사다. 품바는 세사의 증오심을 비늘처럼 털어내면서 저잣거리 구경꾼에 국밥 한 그릇 선사하고 변사는 나비 넥타이로 슬픔을 졸라매고 손수건 펼칠 때마다 비둘기 날려 보내는 신파적 헌신성으로 견뎌낸다. 그래서 변사의 웃음 속에 담긴 슬픔의 의미를 딱 맞추는 사람들만 안다. 또 있다.

초식공룡 유용주가 강호동이면 얼룩말 이정록은 유재석이다. 초식공룡은 포효가 크지만 정작 송곳니 들짐승들에게 핵꿀밤 한대 못 때린 채 원시림 지축이나 흔들 뿐이며 얼룩말은 공격성이 전무하지만 고깃살 질긴 근육질 촉수로 악어 떼 강물 피해 무리들의 밀림을 이동시킨다. 그래서 이정록은 후발자들의 문장을 마사지해주고 문사의 틈에 밀어넣기 위해 몸을 투자하고 술값을 지불해준다.

수도 없이 그은 밑줄이 결국 단 한 번의 밑줄에 불과했다는 고백도 서늘하지 않다. 마찬가지다. 시를 쓰지 않고 감히 받아 모신다는 선언도 오직 이정록 한 사람에게만 따스하다. 그렇다. 그는 무게 있는 프로 선수지만 아마추어들에게 전혀 부담을 주지 않는다. 오래된 친구처럼 청량하다. 오늘도 오만과 겸허의 혼재 속에서 시를 보듬기 위해 감나무 밑 더듬이 촉수를 더듬을 뿐이다. 갈수록 몸집이 불어나는 그의 행간을 살피는 내 마음은 여전히 수수롭다.

지난겨울 눈보라치던 밤이었던가.

작가회의 술판이 늘 그렇듯 저녁 뒤풀이 2차까지 끝내고 그가 나를 지목했다.

"성님이 2차 쏴유."

전홍준, 이경호, 이진수, 유지남, 황재학 등 여덟 명 선수가 우르르 신관동 호프집 '시끌벅적'으로 옮겼다. 남인수와 조용필, 정태춘과 송창식이 탁자 위에서 춤을 출 때마다 호프잔이 추가되었다.

　"횟집으로 옮깁시다. 제가 쏘는 거유."

　새벽 세 시에 옮겨서 또 술타령이다. 어쩌다가 내 대학 강의 과목이 '교직실무'임이 튀어나왔는데, 하필 그걸로 논쟁이 붙었으니, 퇴로가 마땅치 않다.

　"안 돼. 형이 왜 그걸 강의해. 소설 창작도 아니잖아."

　"내 인생이야."

　나는 대학생을 가르치는 자체가 행복하고 자투리 품삯도 짭짤했노라고 차마 설명할 수 없었다. 나머지 시간에 더 열심히 쓰면 되는 것 아닌가. 그러나,

　"안 돼. 3분 동안 더 잔소리 할 거야, 시바. 형님이 이제 '마지막 비늘'을 크게 터뜨려야지, 무슨 교직 강의야. 쳐 내고 글로 끝장을 냅시다."

　"야, 그게 아니라."

　"안 돼, 1분 남았다구."

　나는 울컥의 포즈로 자리를 떴지만, 솔직히 화가 났거나 노여웠던 건 절대 아니고 그냥 그런 풍모를 한 번쯤 보여주고 싶었던 것이다.

　그리고 술떡으로 쓰러졌다가 숙취로 깨어난 아침, 그가 보낸 다섯 통의 문자가 줄줄이 안부를 전한다. 한 문장으로 요약하면,

　"잘못했어요. 그건 나 자신에게 한 얘기였는데 형한테 화살이 돌아갔네요."

가타부타 답장을 보내지는 않았고,

'덕분에 에너지가 솟구쳤다오.'

그 속심도 끝까지 고백하지 않았다. 자본주의 전파가 피도 눈물도 없이 약진하는 2016년 초입이었다.

바보 천사 안학수가
전쟁터에

1

마흔 중반쯤 되던 해일까?

그즈음 나는 공주 중동 뒷골목 안연옥 시인이 운영하는 찻집 '다예원'을 무대 삼아 여기저기 조합된 벗들과 이차구차 모여 '민족과 저항문학' '한반도의 통일과 민주화' 그런 논의의 수렁에 빠져 살았다. 술과 담배연기로 혼재된 '난세의 시국'을 보내며 '삼천만 잠들었는데 딱 우리들만 깨어 있다'고 생각하던, 오만한 중년이었다.

하늘 뚜껑이 열려서 눈 폭탄이 푸대 자루로 쏟아지던 그해 겨울이었던가. 꺾어진 골목길로 조금은 낡았음직한 승용차 한 대가 눈발을 뚫고 가까스로 멈춰 선다. 그리고 열린 문으로 우르르 쏟아져 나오는 고릴라 몸집들. 유용주, 한창훈, 이정록, 연극패 스승 가덕현, 그리고

'내일을 여는 책'의 황덕명 사장 등이다. 인간 바윗덩어리들이 '전지훈련 후 귀환하는 추리닝 포즈'로 골목길로 꾸역꾸역 게워지고 맨 마지막에 '맑은 눈' 하나 차돌 같은 표정으로 운전대 세웠으니, 동시 작가 안학수다.

첫 인상은 단아함이었다. 다산 정약용의 갓끈처럼 깡똥하진 않았지만 먹테 안경을 중심으로 배치된 용모가 딸깍발이의 진정성으로 조화를 이룬 풍모였다. 작다. 등이 굽었다. 맑고 투명하다. 눈빛이 진주처럼 반짝이지 않고 이슬처럼 꽃대궁 어디쯤에 대롱대롱 매달린 채 흔들리는 것이다. 나는 재빨리 '저니가 지닌 문장의 크기는 어느 정도인가'를 가늠해보았고.

등에 공 하나 넣고
가슴도 불룩한 아저씨
움츠린 원숭이 목에
아이처럼 쪼끄맣다.
가슴 만져 보고 등 두드려도
바보처럼 그냥 웃더니
몇 살이냐고 다정히 묻는다
선생님이
마음 좋은 사람을 조심하라 했다.
엄마는
친절한 사람이 위험하다 했다.
아이를 괴롭히는 나쁜 사람일 거야.

아이를 꾀어 가는 못된 사람일 거야.

괴상한 생김이 정말 그런 것 같아

침을 뱉어 주고 재빨리 도망쳤다.

—「곱추 아저씨」부분

시인은 넘어져 우는 아이를 일으켜주고,

'아가야, 돌부리를 조심해야지.'

타이르며 엉덩이 먼지를 폴폴 털어주고 눈물도 닦아준다. 아이의
울음소리가 커진 이유는 '친절한 우리 이웃 간첩인가 다시 보자'고 주
입시킨 전봇대 표어의 영향도 있지만 그보다는 남들과 다른 그의 체
형 탓이다. 그는 더 끈끈한 사랑으로 껴안겠노라 마음을 다지며 낙
타 혹을 다독인다. 겁먹은 아이의 몸에 더 큰 사랑이 적셔질 때까지
따사한 체온을 지성껏 적셔주어야 한다. 그렇듯 뱉는 침 고스란히 받
으며 품에 안아주는 흥부네 작가가 아름답다. 정이 많고 지나치게 헌
신적이며 하시라도 훌훌 털고 '맨땅에 맨살 비빌' 준비가 되어 있다.
물론 그가 천부적 '소년의 눈'을 가진 감상주의자라는 것도 곧바로
알았지만.

눈 내리는 장바닥을

온몸으로

쓸며, 쓸며

앞에 놓인 동전 바구니를

한 발짝씩

밀며, 밀며

목소리 예쁜 저 아줌마

인어가 잘못 태어났나 보다.

다리 없는 아랫도리엔

지느러미 옷을 못 입고

검은 고무 자루를 입었다.

갯바위를 밀어 대던 밀물 그린다.

모래톱을 쓸어 주던 썰물 그린다.

바다로 가야 하는데

언제나 갈까?

입김에 시린 볼보다

더 차가운 동전 몇 개.

—「장터의 노래」 부분

시장 바닥에 던져진 인어 하나.

초록빛 바다에서 쫓겨난 고무다리 인어가 골목길 좌판 사이로 미끄
러지며 뽕짝 노래 부르는 중이다. 바퀴 좌판에 가지런히 쌓인 수건이
나 빗, 비누나 고무줄 모양들이 찢어진 차양 아래로 노랗고 파란 빛을
내기도 한다. 지느러미를 바라보던 시인의 눈이 재빨리 모래톱과 썰물
을 오버랩시킨다. 비로소 시장바닥 인어는 아스팔트 파도 위에 파도
나 구두주걱, 효자손까지 둥둥 띄워놓는다. 그러나 검은 고무 자루로
아랫도리를 감춘 채 바닥을 쓸고 다니는 그를 인어라고 칭하는 것은
자칫 시적 장치요 관념일 수도 있다.

중요한 것은 '안학수의 눈'이라는 점이다.

얼핏 타자화된 표현도 목소리의 주체와 진정성에 따라 사랑이 되고 희망이 되는 것이다. 그 역시 소싯적부터 몸의 신산고초를 경험했고 지금도 진행 중이니, 언제라도 알몸으로 맞설 준비가 되어 있다. 그러니까 그 언어는 아픈 영혼들에게 동질성의 사연을 쏘아대는 그만의 특허 메타포이다.

이 초록빛 동시 작가가 어느 날 불쑥 성장소설 한 권을 세상에 내놓았으니,

그게 『하늘에서 75센티』이다. 아!

2

'남들은 첫 기억으로 무엇을 간직하고 있을까.'

첫 문장을 만나면서, 나는 인간이 표현할 수 있는 '감성언어의 한계'를 가장 절박하게 느껴야 했다.

지금 소년은 어머니의 품에 안겨 강물 속으로 하염없이 쓸려 들어가는 중이다. 억새풀 대궁이 낭창낭창 기울 때마다 출렁출렁 흔들리는 물살들이 어지럽다. 그 한가운데서 어머니가 넋이 나간 듯 아들을 바라본다. 세상에서 가장 슬픈 눈빛으로 잠깐 고정시킨다. 그리고 함께 물속에 몸을 던지려 하다가,

"어차피 쬐끔 먼저 가는 거여."

아이를 으스러지게 껴안는다. 죽음이다. 강물이 퍼뜩 비늘을 세울 때 문득 위기를 감지한 어린 아들이 어머니에게 찰싹 매달려 사정하기 때문이다.

"엄마, 나 이젠 등 고쳐달라고 안 할 거여."

아들의 와들와들 떠는 몸을 만나는 순간 수평선 너머 푸른 언덕이 모래성으로 콰르르 무너지는 것 같다.

"살고 싶어요. 아무리 등허리가 뽀개지게 아파도 절대로 울지 않고 어금니 깨문 채 세상을 견뎌낼 수 있다구요."

"하느님, 이게 내 정신인가?"

놀란 어머니는 아들을 들쳐 업고 강물을 빠져나오며 모진 세파를 영원히 수나와 함께 하기로 혼신의 다짐을 한다. 당연히 맨바닥이다. 읍내 터미널 앞자리 찾아 딸기 좌판을 벌였고 더러는 아이를 업고 머리에 포목을 인 채 부여와 서천 그리고 남녘땅 정읍까지 행상에 나서기도 한다. 세상은 당연히 녹록치 않았다. 돈을 쥔 손바닥은 절대로 펴지 않았지만 문제는 천성이 너무 착하다는 점이다. 장똘뱅이건 보부상 시절이건 언저리 사람들에게 모진 말 한번 못 뱉는다. 그 순둥이 성품 탓일까. 더러는 껍데기까지 홀라당 벗겨지는 사기를 당하다가도 오로지 부지런함 하나로 식솔들을 끌어당기려 한다.

그러나 악동들의 행패를 철부지 동심으로 치부하기엔 너무 잔혹하다. 심심풀이로 던진 돌이 개구리 머리를 깰 수도 있다는 것을 인지하기엔 너무 어린 탓도 있다. 그러거나 말거나 수나를 장난감 돌리듯 두들기는 꼬마들의 행악질이 죽기보다 더 고통스러웠으니.

수나는 몸을 웅크리며 어머니의 매운 손을 받아냈다. 수봉이 놀라 다시 큰 소리로 울어댔다. 수나는 다시 얼굴을 치켜들고 어머니를 똑바로 보며 소리쳤다.

"두구 봐. 내가 죽기 전에 꼭 그놈을 찢어쥑일 겨."

"이런 나쁜 노무 새끼."

다시 어머니의 손에 뺨이 찰싹 돌아갔다. 어머니는 실성한 사람처럼 연거푸 수나의 뺨을 때렸다. 잠시 모든 소리가 죽었다. 수봉이의 울음소리조차 들리지 않다가 다시 되살아났다. (92쪽)

수나는 어두운 방 안에 누워만 있었으니 그게 생존 실험이다. 천장만 바라보며 손가락 빠는 그를 그대로 놓아두기만 했더라도 그냥저냥 견디려 했을지 모른다. 문제는 철부지 악동들이다. 특히 주인집 여섯 살짜리 영기에게는 그 생존 모습이 그저 망치로 때리는 '두더지 게임'처럼 가지고 놀기 좋은 장난감일 뿐이다. 때리고 차고 꼬집고 침을 뱉는다. 간신히 밀어내면 어느새 달라붙어 좀비처럼 눈을 찌르고 머리카락 뽑다가 손가락 꺾는다. 모진 매를 맞다가 마침내 수나는 복수를 결심한다. 특히 동생 수봉이마저 맞고 들어오자 쌓였던 분노가 폭발한 것이다.

수봉이에게 영기를 찍어 죽이라고 도끼를 들고 나가게 시킨다. 수봉이의 겁먹은 울음보가 터졌고 순식간에 사립문이 들썩거리며 두두두 발자국 소리가 들린다. 이 어린 양의 '상해 교사'는 곧바로 부메랑으로 돌아와 안채, 행랑채 어른들에게 우르르 둘러싸여 옴싹달싹 묶여 버렸다. 그리고 어머니로부터 연거푸 뺨을 맞으면서, 수나는,

"죽일 거여! 다 죽일 거라구!"

한번 터진 울분이 새도록 후엉후엉 꺼질 줄을 모른다. 때리는 손바닥이 불어터지게 아팠던 엄니가 아무리 입을 틀어막아도 수나의 노여움은 끝이 나지 않는다. 미운 놈은 끝까지 미워해야 한다.

이번에는 원조 천사 숙이 누나다.

한 학년을 월반할 만큼 총명한 독서광 소녀였으나 중학교 진학을 포기한 채 평생 가시밭길을 예단하는 '한국전쟁 직후 재건시대 소녀상'이다. 친척집 식모살이하다가 너무 힘에 부쳐 삼 년 만에 집으로 돌아와서는 차마 문턱을 넘지 못하는 풍경이다.

아버지가 방문을 열어주고 어머니가 등을 밀어도 훌쩍훌쩍 눈물만 훔칠 뿐 움직이지 않았다. 수봉이가,

"누나."

마루를 내려서 치맛자락을 잡았다. 숙이는 수봉이의 머리를 쓰다듬었다.

"애비 에미가 원망스럽냐?"

어머니도 소매로 눈을 훔치며 물었다. 숙이는 고개를 저었다. 어머니는 금방 눈치를 챘다. 제 딴에는 수나를 못 보겠던 것이다. 수나가 기어서 마루로 나서자 숙이는 울음을 터뜨리며 주저앉았다.

"누나가 아무것도 못 사왔다."(67쪽)

'누나, 아무것도 못 사왔다.'

슬픔을 먹고 만들어지는 문장이 노랗고 파랗게 번지는 이유를 어떻게 설명해야 할까. 숙이 누나의 눈물이 꽃잎처럼 바닥에 떨어져 쟁쟁 싹을 틔우는 소리를 낸다. 천사표 숙이는 동생의 장애가 자신의 책임이라고 생각하며 평생 업을 짊어지려 하니 영락없는 그 어미에 그 딸이다. 딸을 무보수로 식모살이시킨 친척에게 모진 말 한마디 던지지 못하는 어머니 핏줄을 고스란히 이어받은 것이다. 식모살이건 편물점이건 자투리 일감 찾아 뿌리 내리는 '여자의 일생'이 리얼하게 이어진다.

수나의 '훔친 도나스 사태'를 스스로 풀게 설득하는 장면에서 숙이는 '아픔을 혼자 끌안는' 어른스러운 풍모를 보인다. 그리고 도넛집 주인과의 계획적인 상면을 통해 수나의 좀도둑질에 면죄부를 주게 하는 것이다.

"그 집 아줌마는 너한테 되레 미안하게 생각하더라. 그냥 한 개 줄걸 그랬다고 걱정하더라니까."

그런 식으로 도넛 도둑이 된 동생의 퇴로를 열어주며 오히려 용돈까지 쥐어주는 것이다. 그 후 수나도 발 뻗고 자게 되었고.

3

이번에는 '운동회 달리기' 사연이다. 3학년이었고 은행잎 노랗게 떨어지는 가을이었던가.

"싫어요."

스물세 살 서숙자 선생님이 달리기를 뛰어보자고 권할 때 수나는 설레설레 도리질했다. 싫다. 단지 몸의 생김이 특별하다는 이유만으로 구경거리처럼 트랙 20미터 앞에 서는 건 우스꽝스럽고 민망한 일이다. 그런데 선생님 생각은 달랐다. '수나의 달리기'가 운동회 관중들에게 아름다운 감동의 꽃이 될 거라고 확신했나 보다. 수나가 마음을 바꾼 것은 순전히 선생님의 아가위 눈빛 때문이다. 선생님의 눈동자에 비친 수나의 얼굴을 순간적으로 만났는데 선생님도 수나의 눈동자에 비친 자신의 얼굴을 찾아내며,

"모두가 한마음으로 너를 사랑하게 될 거야."

"선생님을 믿겠어요. 선생님은 천사보다 착한 마음을 가지셨으니까요."

수나는 기쁜 마음으로 남들보다 출발점 20미터 앞에 섰다.

그러나 예상이 완전히 빗나갔다. 어른들이 혀를 끌끌 차며 손가락질하는 건 차라리 나은 편이다. 철없는 아이들은 깔깔깔 웃다가 장애 소년을 놀리기도 했고 이유 없이 모래를 한 주먹 뿌리기도 했다. 그러거나 말거나 수나 혼자 '하느님 내 가까이'를 그으며 '나만의 레이스'를 뒤뚱뒤뚱 밟으려 했다. 가장 늦게나마 완주했으니 다행이라고 생각하는 중이다.

모두들 떠나간 텅 빈 운동장,

"…내가 잘못했어. 수나야, 선생님을 절대로 용서하지 마라."

선생님이 무릎 꿇은 채 머리카락이 바닥에 닿도록 숙인 채 흐느끼는 중이다.

"분이 풀릴 때까지 원망하렴."

오히려 수나가 해맑은 눈빛으로 운동장을 바라보며,

"선생님, 지금 너무 행복해요. 선생님이 저를 사랑해주시니까요. 사람이 사람을 사랑할 때 행복이 온다는 걸 처음 알게 되었어요."

오히려 다독다독 달래주는 것이다. 그리고 선생님은 아이의 먹머루 화사한 눈빛을 보며 수나가 장차 눈빛 맑은 시인이 될 거라고 상상만 해보았다.

4

수나의 어린 어느 날, 열 살 많은 동네 형의 발길질 한 방에 생의 모든 게 바뀌어버렸으니, 그랬다, 그게 운명이다. 그런 불시착을 이유로 특히 초등학교에는 소년을 괴롭히는 악동들이 낮도깨비 얼굴로 불쑥불쑥 등장한다. 주인집 아들 영기가 그랬고 학교에서의 문제아 깽두들이 각다귀 떼처럼 달라붙는다. 그 철부지들의 낄낄대는 놀이 수준이 당사자 수나에겐 생사의 갈림길이요 절망의 지옥이 된다. 그래서 섬마섬마에 성공하고 마침내 늦깎이로 동참한 학교는 산 너머 더 높은 산으로 가로막고 있는 것이다. 불행을 감지하고 있으나 비켜날 방법은 전혀 없다. 동시에 교실의 흉터들이 그렇게 시나브로 문장의 뿌리를 틔울 준비를 하고 있기도 했으니.

새롭게 재탄생시키는 시인의 눈을 보라.

그를 곱사등으로 만든 동네 형이 세상을 떠나기 직전 '미안하다'고 사과할 때 작가 안학수는 어이없게도 감사함을 표한다. 그 가해자의 도발로 운명이 바뀌었고 글을 만났고 시를 썼고 소설을 접했고 사물을 보는 눈이 새로워졌음을 감사하는 것이다. 그는 대못 박힌 상처까지 솜사탕처럼 녹이고 싶었던 것일까. 그의 문장은 갈수록 후덕해진다. 상처의 기억은 표창 자국으로 쑤셔오는데 그의 문장이 오히려 흐르는 물처럼 녹여 내리는 중이다. 멀리 갈수록 하늘빛과 가까워지는 첩첩산중의 섭리를 비로소 관통할 참이다.

중년의 늦가을 즈음이었을까.

'대전·충남 작가회의 발기인 대회' 예비 모임 장소가 '대천 임해수련원'이었던 터라 보령 출신 예술가들도 여럿 섞인 자리였다. 뒤풀이 자리가 익어가면서 차츰 취기가 올랐고 나는 두 살 아래의 보령 토박이 문인과 술잔을 나누는 중이었다. 맞은편 사내는 사이사이 나에게,

"말씀 낮추십시오."

똑같은 주문을 몇 차례 되풀이했다. 거기까진 그냥저냥 넘어갈 수 있었는데, 그가 옆자리 안학수 선배를 가리키며 문득,

"저 학수 친구가 원래 착한 사람이라서요."

어럽쇼, 나한테는 형님이라고 칭하는 2년 연하가 학수 선배에게는 감히 친구라는 것이다. 나는 술자리에서 시비를 거는 스타일이 아니지만 서열 정리에 민감한 체질인지라 대뜸,

"학수 친구라니, 호칭이 왜 그럽니까?"

정색으로 상대를 바라보았다. 그러자 초면의 착한 문인이 당황한 표정을 짓다가 다시 몸을 바로세우며,

"앗! 죄송합니다. 사실은 학수 형이 우리보다 네 살 많지만 저희들과 국민학교를 같은 학년으로 다녔기 때문에 어렸을 때의 호칭 그대로

사용했습니다. 이번 기회에 학수 친구의 호칭을 형님으로 고치는 확실
한 계기로 삼겠습니다."

순박한 벗을 만나 그렇게 대번에 교통정리 시켰고.

5

저녁노을 그리고 서해 바다.

대천 해수욕장 '만남의 광장' 돌계단 위에 서 있던 굽은 등 사내 이
야기다. 그가 소설을 쓰겠다고 팔을 당겨 속삭이더니 며칠 뒤 원고지
봉투를 불쑥 배달시키는 바람에 약간은 당황했다. 예상대로 몸의 경
위에 관련된 단편소설이었고, 습작 풍과 세련된 문장이 뒤섞여 있었다.
나는,

"쓰지 마시오."

단칼에 잘라버렸다. 소설 장르가 고통스러운 업이라는 이유도 있었
지만 나는 그가 직업(천보당 금은방)을 가진 글쟁이로 편안하게 살아가
기를 바랐기 때문이다. 게다가 그와 한통으로 어울리는 유용주, 한창
훈, 이정록, 박남준의 몸피가 너무 커져서 가랑이 찢기가 벅차지 않을
까, 하는 노파심도 있었다. 또한,

'글보다 밥이 소중하다.'

그런 세속적 좌우명을 놓치는 게 두려웠던 건 사실이다. 그러나 나
의 마음은 며칠 뒤에 뒤바뀐다.

"선배님, 소설 좋으니 한번 해봅시다."

그는 조붓하게 고개를 끄떡였다. 해볼 만하다는 자신감이 섰던 것이다.

"근디 이름이 안서나가 뭐냐? 뭐가 안 서?"
"서나가 아니구 수나여. 윤수나! 성 이름은 뭔디?"
"나? 난 그 이름두 찬란헌 지만태다."
"쥐만 허다구? 뭐가 지만칸?"(236쪽)

인연은 사랑이 무르익을 때쯤 쉽게 떠나는 법이다.
착한 담임 장안선 선생님도 고정간첩 연루설로 학교를 쫓겨나더니 영원히 소식이 끊어졌고 섬마을 전학생 영주도 외톨이로 떠났고 손목 없는 아이스케키 장사 지만태도 피붙이 찾아 대처로 떠났다. 도둑질한 수나에게 몰래 면죄부를 준 도나스 아줌마도 이사와 함께 헤어졌고, 모찌떡 아줌마는 돈을 떼먹고 떠났고, 아홉 살 제자에게 무릎 꿇은 채 머리카락 좌르르 쏟아 내리던 서숙자 선생님도 떠났다. 수나가 애지중지 기르던 약병아리도 동네 개에게 물려 세상을 떠났다. 우리들은 그렇게 헤어짐을 준비하며 사람의 그리움을 만드는 것이다. 술장사 노양이나 딸기 좌판 꼬바리까지 모두 마음을 열면 물불 안 가리고 순정을 던지는 이 땅의 민초들이니 가난한 몸끼리 그렇게 기대고 사랑하며 체온을 나누는 것이다.
그런 유년의 부채가 먼 훗날 홈집 난 영혼들을 닦아주는 문장을 생산하는 것이다. 어머니와 누나에게 진 빚이 그렇고 장안선 선생님과 구두닦이 지만태로부터 진 빚도 눈물겹게 두둑하고 동생 수봉이에게 엎어준 짐도 겹겹이다. 형 때문에 얼떨결에 도끼 사건에 휘말렸던 수봉이는 어른이 되어 목회자의 길을 가고 있다. 그리고 안학수 작가는 지금도 이따금 지만태와 '아이스~케키' 소리를 동시에 떠올리며 아스라한 기억들을 곱씹어 문장화하는 중이다. 하늘나라 뭉게구름들이 '달고 시원한 얼음과자' 보따리를 나풀나풀 쏟아부어줄 것 같다고 회고도 한다는데.

마지막으로 금은방의 특별한 손님 소개.

그도 한때 금은방 '천보당'에 인생 전체를 쏟으려 했었다. 그늘진 것들을 다듬어 빛을 만드는 금 세공의 보람도 있었다. 시계 속에는 정교하게 맞물려가는 우주의 이치가 있었고 식지 않는 심장으로 태양을 달구는 박동도 있었다. 그런데 세상이 만만치 않은 것이다. 열심히 일했으나 인간에 대한 믿음의 상실과 함께 여기저기 구멍이 뚫렸고 결국 '천보당'이 이차구차 사연으로 문을 닫기 직전이다.

웬 덩치 큰 인물 하나가 건전지를 거꾸로 끼워놓고,

'시계가 안 간다.'

엉뚱한 소리로 등장한 한심한 사내를 만나면서 인생이 꼬이기 시작했으니 그가 바로 소설가 이문구다.

그렇다. 그가 보령의 움막에 거주한다는 사실을 알았으나 이렇게 외나무다리에서 마주칠 순간을 미처 준비하지 못했다. 금은방집 주인 안학수가 운명처럼 이문구 소설가를 '우리 동네 사람들'로 만났으니, 그게 늦깎이 작가로 동참하라는 운명의 계시였음이 틀림없다. 그 후 '아픔을 먹고 자라는 문장'을 봇물처럼 터뜨려야 했으니… 이문구의 해학에 그의 생애를 합친 문장들을 어떻게 책임질 것인가. 망자가 된 스승을 떠올리는 지금 그는 낙타처럼 짐이 무거워졌다.

선생님 울지 마세요,
조재훈

그는 깊고 어둡다.

따스하게 웃어도 나 혼자 느끼는 서늘함에 갇혀 다가서기 두려운
것이다. 그래서일까. 초로의 시점에서도 나는 옆구리 끼고 빙빙 돌면
서 손끝의 느낌만 자르르 간직할 뿐이다.

무엇인가.

망망대해만 바라보는 굽은 등의 정체가 과연 무엇인가. 폐선 밑바
닥으로 만든 벽걸이 액자처럼 여전히 눈빛조차 맞추지 못한 채 멀리서
기웃대는 진정성은 과연 무엇인가. 나는 그렇게 수평선을 응시하는 스
승의 모습이 마침내 망부석으로 움직이지 않을까봐 조마조마 두려운
것이다. 그러니 울타리 뒤에 숨어서 살살이꽃처럼 움찔움찔 곁눈질할
수밖에.

다가설수록 높아지는 산맥,

그 언저리를 빙빙 돌며 40년 세월이 흘렀다. 멀리서 바라볼 때가 차라리 편안했다면서도 지금도 말뚝에 묶인 채 시불시불 곁을 맴도는 중이다. 그랬다. 스승은 제자보다 훨씬 젊었던 중년 이후부터 중원에 자리 잡은 진보의 산맥이었고, 제자는 이순(耳順)이 되도록 행동대원으로 빠릿빠릿 돌멩이 옮겼고 벽돌 뒤에 숨어 정찰병으로 순찰했다. 그 숙명이 원망스러운 건 전혀 아니었고.

그는 시를 봇물처럼 쏟아낸다.

80이 되도록 시집 『겨울의 꿈』『저문 날 빈 들의 노래』『물 또는 불로』『오두막 황제』 등 손가락 꼽을 정도의 몇 권 시집을 겨우 상재했으니 얼핏 과작처럼 보일 수 있지만 그건 빙산의 일각도 되지 못한다. 그의 책장에는 최소 수천 편(혹은 수만 편)의 시가 숨은 그림처럼 흐트러져 있다. 더러는 책꽂이 틈새에 끼워져 있거나 장롱 받침대로 변신했거나 마른 쥐 오줌 뒤집어 쓴 채 잦아져 있다. 누군가 달려들어 딱 한번만 정리 모드에 들어가 준다면 한반도 문단판을 금세 뒤집어 놓으리라, 나 혼자 그렇게 수맥 터트릴 타이밍을 떠올리며 조바심하지만 정작 그는 무심할 뿐이다.

잠간 스승의 집 구조를 폭로하면, 공주시 산성동 언덕바지 가택은 문을 여는 순간 책의 산맥을 만나게 된다. 그 활자의 동굴을 지나가려면 두 사람이 몸을 비켜날 수 없으므로 낮은 포복의 일방통행만이 가능하며 그나마 마스크라도 쓰지 않으면 독한 책 가스에 질식사할 판이다. 책 너머 세숫대야요 책 건너 요강뚜껑이고 등반하듯 고리를 걸고 담벼락을 뛰어넘으면 책으로 씌워진 쥐구멍이다.

어느 해였던가. 아내와 새해 인사차 들렀다가 세배할 공간이 없어

서 신고배 한 상자만 달랑 놓고 온 적도 있다. 도대체 엎드릴 공간이
안 보이는 것이다. 때까치 소리 한 방에도 와르르 무너질 것 같은 책의
조각품들이 위태로우니, 압사 위기 속에서 목숨 걸고 세배할 수도 없
지 않은가. 책꽂이 사이로 들락거리는 생쥐들을 보며.
  '아름답다. 사람 사는 곳이구나.'
  감탄사만 연발하다가, 아주 잠깐 권정생 선생의 루핑집을 떠올리기
도 했다.

      이승에 놓아둔
      무거운 빚을
      아직 머리에 이고 계신가요
      수척한 산등성이에
      숨어 오셔서, 쩔룩쩔룩 숨어 오셔서
      피투성이로 남긴 막내가
      배다른 형제들 틈에 끼어
      어떻게 섞여 크는가
      수수깡 울타리 속에서
      배곯지 않는가 보려고
      핏기 없는 얼굴로
      서성거리고 계시더라구요

                                    —「겨울 낮달」 부분

  그 유년은 공복의 낮달부터 시작된다.

굴뚝 연기 건너편 붙박이 낮달로 달궁달궁 떠올랐으니, 전생의 업보
가 그만큼 짙어졌으리라. 산비탈 양지 쪽에 어린 동생 파묻을 때 들려
오던 여우의 울음소리도 복사꽃 상처로 겹쳐진다. 집 나간 지아비를
기다리던 아낙 역시 사립문만 하염없이 바라보다가 망부석이 되었다.
동치미 국물 한 사발로 신열을 달래던 소년의 가슴조차 울멍울멍 잦아
지니 그의 사연은 왜 그리도 지난한가. 깊은 사랑이란 과연 무엇인가.

　　사흘 넘겨 연기 나지 않던
　　어린 날 굴뚝에
　　와서 울던 굴뚝새
　　미역국에
　　하얀 이밥 한 그릇 먹기
　　평생 소원이던 울엄니

　　　　　　　　　　　　　　　　　　　　　　　　　　　—「진달래」부분

너댓 살이나 되었을까.

갓난 동생을 낳으시던 엄니가 가사리 어디쯤 저무는 부엌으로 등장
한다. 혼자 탯줄을 끊고 아궁이 불을 지펴 미역국을 끓여먹던 '여자의
일생'이다. 그러니까 가난은 똥글똥글 뭉쳐진 검은 똥처럼 한평생 우
울한 그림자로 걸린다. 그 원초적 공복 탓일까. 노동 체질로 굳어진
이후에도 단 한 번도 포만감을 느끼지 못했단다. 소년은 아주 어린 시
절부터 자신의 삶이 음울한 회색빛일 거라는 직감에 젖었고, 실제로 그
랬다.

수재 소년 조재훈.

소학교 때 이미 두 학년씩이나 월반한 그는 동급생들의 겨드랑이에 밑돌 만큼 키가 작았다. 그랬다. 작고 명석했지만 미래에 대한 전망이 전혀 없었다. 강동원 스승의 영향을 받아 한때 과학자를 염두에 둔 소년 시기가 있었지만 그게 현실로 이뤄질 것이라는 기대는 단 한 번도 꿈꿔본 적이 없다. 우연히 이웃 동네 중학생들의 헌 교과서라도 구하게 되면 무작정 읽어보는 것이 소싯적의 유일한 낙이었을 뿐이다. 아무튼 주변 사람들의 성원에 밀려 일단 중학교 시험을 치른다.

그러나 시험 전날부터 브레이크가 걸렸으니, 수험번호로 배정된 책상에 빽빽하게 적힌 원소기호 때문이다. 재학생 선배들의 커닝 흔적이란 생각이 들자 '내가 옴팡 뒤집어쓰는 것이 아닌가' 화들짝 겁이 난 것이다. 어깨가 축 늘어진 소년이 울멍울멍 교무실을 찾아갔다.

"책상에 누군가가 화학원소 기호를 적어놓았습니다. 제가 적은 것이 맹세코 아닙니다."

다소 지적(知的)으로 보이는 먹테 안경 교사 한 사람이 교실로 돌아와 책상 위를 살피다가 신기한 듯 안경 너머로 소년을 바라보는 중이다. 소년은 여전히 내 소행이 아니라고 부인하며, 선생님의 눈빛을 피하지 않는다.

'하늘이 두 쪽 나도 저는 결백합니다.'

아직 그 말이 입술 밖으로 나오지 않았는데,

"네가 이 원소 기호를 정말로 읽을 줄 안단 말이지?"

소년의 머리가 어항처럼 출렁출렁 흔들린다. 균형을 놓치면 어항이

깨지고 교무실로 물고기 비늘이 파딱파딱 소스라칠 게 틀림없다.

"읽어 봐라."

소년이 기다렸다는 듯이 고개를 숙여,

"수소, 헬륨, 라듐, 벨륨, 붕소, 탄소, 질소, 산소, 플로오린, 네온, 나트륨, 마그네슘, 알루미늄, 규소, 인, 황, 염소, 아르곤, 칼륨, 칼슘, 스칸듐⋯."

주기율표 첫 줄만 읽는 시늉을 하다가 나중에는 아예 눈을 떼고 좔좔 외워버렸다. 지켜보던 선생님의 입에서 아, 하는 탄성이 터졌지만 여전히 눈치 채지 못한 채 물레방아 소리로 봇물을 터뜨린다.

"타이타늄, 바나듐, 크로뮴, 망가니즈, 철, 코발트, 니켈, 구리, 아연, 갈륨, 저마늄, 비소, 셀레늄, 루비듐, 스트론튬, 이트륨, 지르코늄, 나오븀, 몰리브더넘⋯."

고등과 상급생 중에서 우등생들도 따라잡지 못하는 주기율표를 땅꼬마 소년이 좔좔 외우는 돌발사태가 발생한 것이다.

그뿐이었다. 아무 일도 일어나지 않았다.

오히려 소년은 합격통지서를 받고도 입학식 날 학교를 가야 하느냐 마느냐를 놓고 고민에 빠져야 했다. 납부금을 내지 않고 공부를 하겠다는 건 도둑놈 심뽀다. 설레설레 흔들었다. 그렇게 지게 목발 받쳐놓고 틈틈이 책을 보려면 허기가 밀려와서 풀뿌리 씹으며 헌 책에 집중하기도 했다.

입학식.

학교에 가기로 마음먹었지만 어머니에게조차 입학식 얘기를 꺼내지 못했다. 품앗이 나가는 어머니 뒷모습과 홑이불 속에서 몽실거리는 배고픈 동생들의 얼굴들만 올망졸망 떠오르니, 학업의 세상이 도저히 엄두가 나지 않는 것이다. 가시밭길을 풀어갈 수 있는 방법은 어차피 없다. 그렇게 버짐 투성이의 동생들을 가슴에 담고 산길을 걸었으니 왕복 60리 행보의 시초다.

아닌 게 아니라 교문을 들어서는 순간 마이크에서,

"조재훈 신입생, 마이크 듣는 즉시 교무실로 와라."

철봉대 너머로 그 소리를 듣자마자 얼굴이 하얗게 질린다.

'올 게 왔구나. 공납금 안 내고 중학교에 입학하려는 내가 도둑놈이지. 나는 이제 짤렸다.'

그런데도 마이크 소리대로 끌려가야 한다는 생각에 고삐 뚫린 송아지처럼 교무실 쪽을 질컥질컥 발걸음을 옮긴다. 고무신을 벗고 바짓가랭이 진흙을 털며 교무실 문을 열었다.

"꼬마둥이, 왜 왔냐?"

박박머리 스승이 먹테 안경을 고쳐 쓰며 쓰뭉하니 묻는다.

"…공납금 때문 …공납금."

발발 떨던 소년이 양손을 조아리자,

"촌스럽게 떨긴. 왜 왔냐구?"

"…마이크에서 불러서 왔는디유."

"네가 조재훈이냐?"

"…."

조개탄 난로 곁에서 웅성대던 교사들이 땅꼬마 소년을 보면서 신기한 듯 다가온다.

"공납금이."

"……."

그 순간 하마 덩치의 스승 한 분이 솥뚜껑 손바닥으로 머리를 떡 짚으며,

"네가 수석합격이다. 이놈아. 공납금은 면제니까 신입생 대표 입학 선서 연습부터 해라."

생애 첫 반전 이후, 격랑에 휩쓸리듯 5년제 중학교 생활을 시작하게 되었다.

60리 비탈길을 날마다 걷는 게 목표가 명징해서 행복했다. 새벽이슬 맞으며 등교하여 일몰을 지고 집에 돌아오면 팔봉산과 천수만으로 땅거미가 서렸지만 정말 손톱만큼도 지치지 않았다. 오히려 '이 나라 산천이 아름답다'는 생뚱맞은 포만감으로 마음이 차분해지는 것이다. 이상하다. 이렇게 찢어지게 가난한데 오솔길을 걸을 때마다 왜 마음이 편안해지는 걸까.

오솔길 둠벙 속 송사리 떼가 헤엄치는 지느러미 풍경에 몰입하다 보면 깜빡 한나절이 지나가기도 했다. 흔들리는 물풀 속으로 우주가 펼쳐 있지만 그보다 소년은 가뭄으로 인한 고갈이 더 걱정이다. 웅덩이 물이 줄어들 때마다 헤엄칠 수 있는 송사리 떼 공간이 바싹바싹 줄어드는 것이다. 고무신으로 물을 퍼다 주면 그제야 지느러미 치기도 해서, 소년의 얼굴이 모처럼 환하게 펴진다.

수십 년 세월이 빛의 속도로 흘렀고, 스승과 제자는 얽히고설키며 또 세월을 보냈다. 그랬다. 그는 나의 부친 강동원 선생님의 초등학교

담임반 제자였고 나 강병철과 아내 박명순은 캠퍼스에서 그가 제시하는 레포트를 썼고 학점을 받았다. 나의 이력서를 받아 쌘뿔여고에 넘기면서 교직을 챙겨주셨다. 공주시 행사나 문학회 모임에 함께 참여했고, 성명서를 읽었고 아스팔트에 앉아 국밥을 먹었다. 아주 가끔 담벼락으로 비를 피해 우산을 함께 받던 순간 정도가 가장 행복했다.

부끄러운 고백 하나.

1982년 겨울, 나는 공주사대 선생님 연구실에서 편지 한 장을 들고 논산행 버스를 탔다 그때 사립학교 교사 채용은 주로 알음알음을 통해 임용을 받는 형식이었는데 나는 선생님의 추천으로 학교 소개를 받았으니 일단 든든한 백을 확보했던 셈이다. 버스 안에서 내내 나는 편지 내용이 궁금해서 견딜 수가 없었다. 안달을 참지 못해 마침내 속을 열어보았으니⋯ 미안하다, 사랑한다.

존경하는 교장 선생님께.

오늘은 제가 선생님께 어려운 부탁을 드립니다. 제가 사랑하는 강병철 선생은 심성이 착하고 성실하며 공부를 좋아해서 그 학교의 스승으로 좋은 재목이 될 거라는 확신으로 추천하는 바입니다. 솔직히 말씀드리면 강 선생은 제 초등학교 시절 은사님의 아들이기 때문이 가장 큰 이유입니다. (하략)

그 추천장에 '은사님의 아들이기 때문입니다'라는 대목이 마음에 걸렸으나 방법이 없었으므로 이 쪼잔한 비밀을 35년 가까이 숨기고 살아야 했다. 그리고 2016년 7월 후배 최은숙 선생의 모친상에서 얼른

하게 취하신 선생님께서,

"임마, 너 그때 내가 써준 소개장 편지 중간에서 뜯어보았지."

호통 치는 순간까지 나의 비밀을 끝까지 실토하지는 않았지만, '아, 살았다' 하며 비로소 숨통이 틔었다.

그래봤자 우리는 오래도록 '가까이 있어도 머나먼 당신'으로 애매하게 살았던 것 같다. 그랬다. 스승의 유년부터 현재까지 우두망찰 바라만 보다가 머쓱하니 돌아오는 일상이었다. 그러다가 느닷없이 껴안은 채 뒹굴고 싶어서 조선낫을 품기도 했던가. 시퍼렇게 날 선 낫으로 팔을 쌍둥 잘라내면 그저 멀뚱멀뚱 바라볼 스승의 품격이 아, 무시무시하다.

86년 해직교사 때 그예 일을 벌이기도 했다. 대전 대호장 여관에서 나, 망자 시인 정영상 그리고 황재학이 새벽술을 마시다가 택시 타고 공주를 쏜 것이다.

새벽 여섯 시.

문을 두드리자 선생님이 파자마 바람으로 대문을 열어주셨다. 정영상이 무릎을 꿇고,

"선생님, 이렇게라도 해야 얼굴을 뵐 수 있을 것 같았심니다."

눈물을 뚝뚝 떨어뜨리는 순간 잠에서 깬 선생님의 표정이 갑자기 센티멘털하게 변하는 것이다. 선생님은 왜 이 불한당 제자들과 빨리 젖고 싶으셨던 것일까. 곧바로 신새벽 틈입자들과 대작을 시작했고 북경에서 운반된 독한 소주에 금세 취하시더니 우리들보다 더 빨리 눈물을 떨구셨다.

햇살이 열 시 방향에서 내리꽂힐 즈음 패잔병처럼 흐느적거리며 산

성동 청양식당에 들어갔다. 아침부터 떡으로 취한 채 격론을 벌이는 모습이 노숙자처럼 보였나 보다. 주인아줌마가 벽력같이 소리를 질러 우리를 내쫓았다. 쫓겨난 주폭 사총사는 다시 옆문으로 들어갔다. 다른 집인 줄 알고 들어갔는데 고작 같은 집 뒷문이었던 것이다.

"저 아저씨 좀 봣. 앞문으로 쫓아내니까 뒷문으로 들어오네."

어쩔 수 없이 뭇사람들의 빈축을 행복하게 받으며 곰나루까지 진출했다. 들꽃들이 저마다 흐드러진 자세로 햇살 품는 중이다. 선생님이 나를 당기더니,

"저게 무슨 꽃이냐?"

"망초꽃입니다. 북아메리카가 원산지인데 구한말 귤 상자에 끼여 들어온 귀화 식물로 들어오자마자 나라가 망해서 그렇게 이름 지었습니다."

"저건 뭐냐?"

"애기똥풀입니다. 줄기에서 나오는 노란 즙을 바르면 사마귀나 티눈이 싸그리 죽습니다."

"저건?"

"소루쟁이입니다, 스승님. 만약 소루쟁이 넓은 엽록소로 샴푸를 개발한다면 이 땅의 대머리들 탈모 고민이 단방에 해방될 것입니다."

내가 좔좔 터뜨리자.

"너는 됐다, 이놈아."

선생님이 내 뺨을 비비면서 눈물을 흘리셔서 철없이 행복해졌다. 들판의 잡초 이름 세 개를 외우고 뻥을 튀겨서 스승의 사랑을 뜨겁게 받았지만 왠지 오버한 것 같아서 종시 불안했고.

언제부터였나, 지금은 다시 각자의 길을 걷는다. 저만치서 하늘바라기로 곁눈질 주지 않는 그의 모습도 못 본 척 스쳐 지나간다. 그럴 수도 있다. 강물은 강물대로의 흐름이 있고 시냇물은 시냇물대로의 의미가 있으리라. 애야, 삶이 별 게 아니란다. 스스로 달래며 행복했던 스크린만 곱씹는다. 곱씹으면서도, 밤마다 눈물이 흐르는 이유를 나는 안다.

어느 겨울(2013), 조동길 교수님의 네 번째 창작집 『어둠을 깨다』 출판기념 밥상을 약식으로 마감하고 몇 자리를 더 옮긴 것 같다. 이차구차 몸을 움직이다가 윤여관 선생이 권장인 신관동 대학로 '이야기 가게'에서 병맥주 몇 병 뚝딱뚝딱 비우고 나오는 길이다. 이제는 우리가 진짜로 헤어져야 하는 시간.

공주대 삼거리에서 나는, 선생님이 또 택시를 타지 않으시고 금강 구(舊)다리 건너 집에까지 걸어가시겠다 할까봐 조마조마했다. (선생님은 지금도 술자리 후 택시를 타지 않고 굳이 금강 다리 너머 댁에까지 걸어가신다.) 아니다 다를까, 선생님은 공주대 후문에서 나를 기어이 집에 보내려 하시는 것이다.

"혼자 저기를 걷고 싶다."

꽁꽁 언 캠퍼스가 눈발에 쌓여 있다. 영하 십오 도 시베리아 찬바람이 살을 비집고 파고드는 오밤중이다. 하늘 뚜껑이 터졌는가, 칠흑 같은 어둠 속으로 쌀자루 터지는 눈발이라니.

'아니, 아니, 아니 됩니다. 큰일 나요.'

말하지 못했다. (나는 스승에게는 무조건 복종해야 한다고 생각하는 단순형

이다.) 그 대신 기어드는 소리로,

"제가 동행하겠습니다."

"아니다. 혼자 가니 따라 오지 마라."

"선생님, 제발."

"절대로 따라오면 안 된다. 들어가라."

도대체 팔순이 다가오는 노(老)학자가 엄동설한의 캠퍼스에서 무엇을 찾으러 방황한단 말인가. 시베리아 횡단열차에서 나무토막처럼 떨어진 꽁꽁 언 알몸이 떠오르다가 다시 '동사된 노학자의 변사체' 따위의 단어가 속사포처럼 이마에 꽂히는 것이다. 끝내 소매를 잡지 못한 채 나 혼자 아파트로 돌아오면서 하룻밤의 안부가 얼마나 길고 무서운지를 처음 알았다.

소심증 제자는 이튿날이 되어도 차마 전화를 걸지 못한 채 '영원한 이별 공포'에 시달렸다. 그렇다. 지구가 폭발할 수도 있고 하늘이 비닐하우스처럼 폭삭 무너질 수도 있지 않은가. 쏟아지는 눈사태로 캠퍼스 전체가 얼음왕국으로 굳어버리면 '스승 미라'로 영원히 꽁꽁 얼게 된다.

한 달쯤 지나 공식 석상에서 우연히 조우할 때 나는 끼약, 하는 탄성을 참으려고 숨이 막혀 죽는 줄 알았다.

최교진의
벗들

충청도의 해직교사 1호는 김흥수 시인이다.

1980년 광천의 모 중학교 국어 수업 시간에 목은 이색의 시조를 가르치던 중 웬 남학생 하나가 손을 번쩍 들더니,

"선생님 김대중이 간첩인가요?"

신군부 정권이 김대중 선생에게 간첩 혐의를 씌워 사형을 선고했던 그 직후다. 광주항쟁을 총칼로 짓밟은 계엄 정국은 라이벌 야당 지도자 김영삼을 가택연금한 후 정계에서 아웃시켰으며 역시 보수 쪽 유력 후보였던 김종필을 부정축재 혐의로 퇴출시키며 '신군부 시대'의 빵빠레를 울리던 즈음이다. 이미 21세 때 동아일보 신춘문예로 등단한 열혈 문학청년이었던 그는 어금니 깨물고,

"절대 아니야."

내친 김에 목은의 시조 첫 줄, "백설이 잦아진 골에 구름이 머흐레라"

를 패러디하여, '3김씨가 잦아진 곳에 한 전씨(전두환 소장)가 힘을 잡았노라' 자조적 은유 문장까지 풍덩 던졌다.

아이들이 한바탕 자지러지게 뒤집어졌는데, 이튿날 그가 잡혀갔고 당연히 학교에서 목이 잘렸다.

그는 감옥에서 걸레질을 가장 열심히 하는 수감자였단다. 나머지 시간은 독서에 빠지거나 볼펜심으로 성경책 갈피에 몰래 글을 써서 『유다에게 손뼉을』을 발간했으며 필리핀의 재야 지도자 니노이 아키노를 떠올리며 기도에 몰입했다. 출옥 후 조재훈 선생님의 주선으로 다시 논산의 대건고교로 재취업을 했으니 그 무서운 시국에도 아날로 그의 구멍이 있었던 셈이다.

'해직교사 1호와 2호로 만나 친구 사이가 된 김홍수와 최교진(사실은 김홍수가 한 학번 빠름).

'김'이 '최'를 일방적으로 짝사랑하게 된 매개체는 김영호, 이은봉이 주축이 된 『삶의 문학』이다. 그 파란 껍데기 무크지 6호에 김홍수는 「아카시아」라는 으스스한 시를 발표했고 최교진은 「왜? 어디로」라는 생활극을 선보였는데 나 역시 그만큼 리얼한 현장의 소리를 담은 극본을 본 적이 없었다. 필자 소녀들의 공연들을 몇 차례 관람했는데 분장한 배우들이 실제로 눈물을 펑펑 흘려 스승과 제자 모두 뻥 뚫린 가슴으로 소통할 수 있었다.

84년 여름 방학 봉사활동으로 '최'는 충남 보령의 광산촌 아이들과 함께 여름학교를 연 것이 빌미가 되어 그해 10월 첫 해직(그는 그 후 세 차례 해직과 네 차례 투옥의 훈장을 단다)이 되었다. 초등학생을 대상으로 충청 지역 최초의 '조직적 의식화 교육'을 했다는 것이 해직 사유였다.

초임교사였던 나도 직원회의 석상에서,

'충청도에도 의식화 교사가 등장했으니 얼떨결에 섞이면 아작난다.'

위기일발 공지사항으로 흠칫 놀라는데, 탈춤반 출신 강승구 선생이,

"아까 교감님 말씀이 바로 교진이 형 이야기야."

옆구리 찌르는 바람에 아, 하는 탄성이 그대로 터져 나왔다.

며칠 후 동학사 민박집에서 그를 만나면서, 첫 조우의 감개무량함을 오래도록 주체하지 못한다. 몇 차례 조우에서 그도 나에게 관심을 보여주었는데, 가령, 『삶의 문학』 아지트인 대전시 은행동 대성다방에서 두부 두루치기를 먹기 위해서 먹자골목 광천식당으로 가던 중 그가 내 허리띠를 잡더니,

"이 많은 선수들 중에 당신이 가장 술맛 나는 화상이군. 후후후."

숨은 그림 찾아내듯 잡아당겨서 우히히, 나의 풍모를 뿌듯하게 만들었다. 그 후 질곡의 세월을 함께 하면서 그의 스크럼에 내 발목까지 담그곤 했다. 그는 안경잡이 말라깽이로 운동권의 전형적인 풍모였으며 아무리 힘들어도 일체 죽는 시늉을 하지 않았다. '한번 고참이 영원한 고참'인 듯, 수십 년 내내 술값 계산의 선봉장이었으며 감옥에서 나올 때도 손을 흔들며 생글거렸다. 그가 학교를 세 번 짤리고 네 차례 수감생활을 할 때마다 나는 철창 면회나 재판정을 지킨 단골고객이 되었는데,

1984년 10월 4일. 대천의 하늘은 맑고 푸르렀다.

그날 하늘보다 더 맑은 너희들의 눈을 보면서 나는 잠시나마 너희들 곁을 떠나야 한다는 서글픔보다 맑은 눈빛을 잃지 않으려는 너희들이

있는 한 우리들의 내일이 결코 어둡지만은 않으리라는 자신을 얻을 수
있어 조금은 행복할 수 있었다.

　　　　　　　　　　　　—그의 글,「내가 두고 떠나온 아이들」에서

그러나 이튿날부터 '최'의 출근 텃밭이 사라졌으므로, 자칫 하염없
는 술타령에 젖으려는 찰나, 웬 후리후리한 사내가 '반갑소, 동지여'
하고 손을 내밀었으니 그가 원조 교육운동가 유상덕 선배다.

유 선배는 서울 성동고 교사였고 한반도 교육운동의 창시자였다.
교사 스스로 조직적 힘을 가져야 나라와 민족이 선다,며 충남 지역의
후배 교사들을 도와 '홍성 YMCA 중등교육자 협의회' 발족식에 참여
하면서 교육운동의 본격적 시동을 건다.

후배 교사들은 유상덕 선배의 넓은 품격에 감읍하면서 얼핏 세례 요
한을 떠올리기도 했다. 모두 같은 처지의 해직교사였는데 유상덕 선배
가 쫓겨났던 그 학교의 선생님들만 유독 오래도록 후원금을 보내오는
것이다. 그랬단다. '유'는 난롯가에서 뜨개질 하는 여선생에게도,

'정성스럽게 뜬 옷을 입은 가족들이 선생님의 손길에 의해 따뜻하고
행복한 겨울을 보낼 것 같네요.'

맞춤형 덕담을 건네는 것이다. 또한 학생들에게 군가를 가르치는 체
육교사에게도,

'배구를 잘 하셔서 직원체육대회 때마다 선생님의 강스파이크가 속
이 시원해 동료들을 기쁘게 해주십니다.'

어깨를 두들겨서 가까운 벗으로 끌어들였으니 그게 변혁을 꿈꾸는
교사의 진정한 품격이다. (84년 그 선배가 첫 부임지 쌘뿔여고에 찾아왔을 때

116

제대로 대접하지 못한 게 나에게 평생 가시처럼 걸린다.) 그는 지방교사들이 올라오면 서울내기답지 않게 자기 집에 데려가곤 했는데 반드시 손님 방에서 함께 이불을 덮었고 아침 해장국을 직접 끓여주었다.

유상덕 선배는 '국민의 정부' 시절 한때 정계의 최고 거물 물망에 오르기도 했으나 하이에나 언론들이 '조작된 간첩단 사건' 커리어를 물어뜯는 바람에 무산되었다. 또 다른 찌라시 언론에서는,

'일개 중학교 선생 출신이 국정의 중책을 맡는 건 국가적 망신.'

그런 흙수저 카드로 선동했던 것도 무산의 이유가 된다. 그렇게 천당과 지옥을 오가는 와중에 암 선고까지 받았으니, 하느님은 절대 우리 편이 아니다. 늦게 만난 동반자 이우경 선생이 지성으로 간호했으나 두 해 남짓 버티다가 타계했으니 분하고 원통한 일이다. 이 땅의 스승이요, 선각자요, 비운의 혁명가였던 그가 구천에서 후배 스승 '최'의 출사표를 뿌듯하게 지켜보고 있을까.

1985년 그해 여름 민중교육지 사건.

18명의 교사가 해직된 홍두깨 필화 사태.

기실 터질 게 터진 것이다. 서울의 유상덕, 김진경, 윤재철 선생님이 국가보안법으로 수감되었고 심성보, 고광헌, 이철국, 심임섭, 홍선웅 선생님이 우르르 해직되었고 충청도에서도 송대헌, 조재도, 전인순, 황재학, 전무용, 유도혁이 쫓겨났고 첫 원고료를 달콤하게 받고 단편소설을 쓴 순수 문학청년 강병철도 쫓겨났다.

나중 얘기지만, 그 시국의 여파가 끝이 없어서—전인순과 조재도 선생은 두 차례 해직당했고(도합 10년) 송대헌과 '최'는 세 번 이상 짤렸으

니 헤아릴 수 없고 그 후로도 영원히 칠판 앞에 서지 못했다. 김진경, 유상덕, 윤재철 역시 한 차례의 해직으로 강산이 바뀌도록 긴 세월을 감수해야 했으니 어디 하나 순탄한 팔자를 기대할 수 없었다. 나는 4년의 해직 기간조차 '고난의 가시밭길' 시험대에 걸려 우울증 직전이었지만 이 투사들과 스크럼을 함께 하다 보면 명함 조각도 내밀 수 없었다. 단지 최교진의 바짓가랑이만 붙잡고,

"힘들어 성님, 시헐."

징징거리면,

"글쟁이는 글쟁이고 혁명가는 혁명가일 뿐이야. 넌 목숨 걸고 글을 쓰면 돼."

술잔을 건네줘서 마음이 철없이 편안했다. 그렇다. 매사에 목숨을 걸어야 한다. 사랑도 투쟁도 교육도 목숨을 바칠 엄두를 내지 못했지만 창작만큼은 다를 수 있다. 새도록 글에 빠지다가 몸이 쇠해 쓰러지고 싶은 것이다.

아무튼 1년 먼저 해직을 당했던 '최'는 혼자 담장 바깥 교사로 지내던 터에 '짤린 목' 동지들이 우르르 생기니까 '물 만난 고기'처럼 더욱 바빠졌다. 대전 중앙통 풍년식당 맞은 편 빈들교회 지하에 '충청 민주교육실천협의회' 사무실을 차리고 금서를 읽고 유인물을 만들고 깨어 있는 회합장소를 제공하는 새새틈틈이 술독에 빠질 즈음, 민교협 범생이 상근자 송대헌 선생의 '눈치 보기'가 시작되던 이야기를 꺼내는 건 조금 미안하다.

당시 5공화국 해직교사 팀들은 밥그릇 해결을 위해 대전을 거점으로 새롭게 직장을 잡으면서 '헤쳐 모여'가 되었다. 전무용은 대한성서

공회의 번역사로 취업했고 송대헌은 이재무 시인과 함께 대전의 대입반 종로학원에서 강의했으며 최교진은 대성학원, 조재도는 청주의 검정고시학원, 황재학은 고입반 제일학원에서 강의했으며, 전인순은 서울 형성사에서 출판쟁이로 변신했고 나는 대전의 검정고시 고려학원과 대입 성지학원을 거쳐 동아일보 비정규직으로 동가식서가숙 밥을 때웠다.

막내 호적의 송대헌(59년생)은 학원 수업보다 민교협 발행 대자보 작성에 몰입하는 운동권 전형의 범생이었으니, 그게 문제다. 술보다 책을 훨씬 좋아한다는 범생이 기질부터 낭만주의자들의 기를 죽인다. 나를 포함한 몇몇 부류들은 아픈 심장을 쐬주로 달래줘야 에너지가 돌아가는 체질인데 범생이에겐 그 낭만적 논리가 전혀 먹히질 않는 것이다. 선배 해직 동지들이 술판에 빠지려다가 그를 떠올릴 때마다 뒷덜미가 당겨지는 것이다. 특히 내가 그랬다. 난로 뚜껑 위의 오징어처럼 찌그러지면서,

'뭉여, 동지가 더 무섭잖여.'

투덜투덜에 빠지기도 했다. 그는 국립 의대에 다니던 동생의 등록금과 용돈을 조달하면서 학원 강사와 민교협 사업으로 24시간을 일목요연하게 쪼갰으며, 술보다는 국밥을 선호하는 실용주의자였으니 도대체 논리적으로 맞설 수가 없는 것이다.

심지어 라면조차 싸구려만 찾아 끓였으니 순전히 돈을 아끼기 위해서다. 실제로 황재학 선생과 싸우기도 했다. 황재학이 점심값을 아끼기 위해 200원짜리 라면 다섯 개를 사 왔는데,

"100원짜리로 사 왔어야지."

식당 밥도 아니고 겨우 라면을 끓여 먹으려다가 과소비 지적을 받

은 것이다. 다섯 개의 라면을 싼 놈으로 선택하면 열 장의 유인물을 만들 수 있고 그 열 장의 유인물로 백 명의 시민들이 읽으면 그만큼 '세상의 눈'이 깨어날 수 있다는 논리의 연쇄 때문에, 그 후 나는 구멍가게 라면 구매까지 눈치를 봐야 했다.

10년쯤 지나 내가 그 시절 '눈치 보던 라면 봉지' 얘기를 꺼냈더니 '송'이,

'제가 너무 했네요. 성님, 죄송함니….'

쉽게 회개하는 바람에,

'어럽쇼, 그때 내가 지레 쫄았었나? 200원짜리 라면이나 마음 놓고 먹어볼 걸.'

무르팍을 쳤지만 이미 '지나간 버스'가 되었다.

'송'의 결혼식에 최교진 형이 사회를 보았고 내가 축시를 썼다.

우리들은 반드시 착한 스승이어야 했고 그러니까 교단으로 당당하게 돌아가면 죽을 때까지 평교사로 남아서 아이들을 하늘처럼 섬겨야 했다. 그 마음 그대로 축시 문장으로 표출하다가 아, 나는 보았다. 나 혼자 낭송 분위기에 취해 자아도취로 떨리는 가슴을 누르는 중인 줄 알았는데, 어럽쇼, 신랑 '송'이 안경을 벗더니 하얀 장갑으로 눈시울을 닦아내는 것이다. 또 있다. 축시 낭송을 끝내고 내려오다가 '최'의 부인인 김영숙 선생이 펑펑 우는 걸 보았는데, 이상하다, 벗들의 서러운 눈물이 내 가슴을 뿌듯하게 만들다니.

'6월 항쟁' 그리고 '6·29 선언' 이후의 87년 대선 정국.

나는 '김대중과 김영삼의 후보 단일화'가 반드시 이루어진다고 믿었

120

던 순정파 청년이었다. 그랬다. 야당의 두 후보가 라이벌처럼 목청을 높이는 것은 민정당 노태우 후보 진영을 안심시키기 위해 '김대중 후보가 짜낸 고도의 꿍꿍이 작전'이라고 나 혼자 그림표를 짜면서 의연하게 기다리고 싶었다. 그즈음 신문사 비정규직을 접고 대전의 민교협 사무실로 출근했는데, 어느 날 집단 몰매를 맞았으니.

대학생들이 트럭에서 나눠주는 집권당 후보의 유인물을 무더기로 받았는데 민정당 쪽에 소위 운동권 대학생의 정체가 발각된 것이다. '잡아라' 소리에 쫓긴 대학생들이 하얗게 질린 채 하필 민교협 지하 사무실로 도망쳐온 게 스릴러의 시초다. 쫓기는 운동화끈 소리에 위기를 느낀 우리들이 문 쪽에 책상과 모든 물건을 바리케이드로 쌓아놓았지만 그건 한 방도 버티지 못했다.

발길질 몇 방으로 문짝이 뽀개졌고 책상이 뒤집어졌고 사무실은 대번에 지옥이 되었다. 무서웠다. 그들의 각목과 쇠파이프에 우리들의 맨주먹이 맞서기에는 턱도 없는 무리였다. 게다가 잉잉 달아오른 난로 뚜껑이 비행접시처럼 어른거리고 시뻘건 송곳이 송대헌 선생의 목구멍 가까이 다가오는 게 아닌가.

그즈음 서대문 형무소에서 목발을 짚고 출감한 '최'는 소식을 듣고 부랴부랴 계단을 내려오자마자 '빼앗긴 목발'로 두들겨 맞았다. 당시 D신문에는 '민교협 해직교사들과 민정당원들과의 난투극'이라고 기사를 올렸지만 그건 새빨간 거짓말이다. 우리들은 정말 단 한 대도 때리지 못했다.

그날 밤 포장마차에서 닭똥집으로 속을 달래면서 '송'은,

"내가 때렸지. 내 이마로 개네들의 주먹을 때렸고 내 배로 그놈들의

각목을 때렸지. 흐이그."

최교진은 반으로 쪼갠 닭똥집을 다시 쪼개며,

"나이를 먹을수록 싸움을 잘 했으면 좋겠다."

골목길 수은등이 희뿌옇게 비추는 겨울 포장집에서 부은 발바닥 식히면서 술잔을 나눴다.

내 결혼식 때는 조재훈 선생님이 주례를 서셨고, 최교진 선배가 사회를 보았다. 아내 박명순은 무기정학을 두 번 먹어서 국립 사대를 6년 만에 졸업하고도 시위 전력을 이유로 임용을 받지 못한 미발령교사 출신이다. 동시에 주례의 국어교육과 직속 제자이고 최교진 사회자의 오리지널 후배다. '최'가 사비를 들여 그미를 민교협 간사로 채용하는 바람에 노총각이 둥지를 틀게 되었으니 따지고 보면 매파의 역할까지 해준 셈이다. '최'는 마이크를 잡으며 '신랑' '신부'라는 호칭 대신 굳이 '새서방' '새각시'라고 해서 소소한 용어에서도 의식의 자존을 보여주었다. 그랬다. 우리들은 '써클' 대신 '동아리'로, '신입생' 대신 '새내기'로, '앵콜' 대신 '되풀이'로 '한복' 대신 '바지저고리'로 기어이 순수 고유어를 고수해야 마음이 놓였다.

10년쯤 지나, 내가 떡두꺼비 아들, 딸을 둔 어느 날이었던가.

공주 산성동 생맥주집에서 조재훈 선생님과 최교진 선배 그리고 나까지 딱 셋이서 그럭저럭 낮술을 몇 시간 마셨던 것 같다. 나는 도원결의 3인방 술자리를 꿈꿨는데 술잔이 돌아갈수록 두 사람의 전파만 진해지는 바람에 도통 내 언어가 주목을 받지 못하는 분위기였다. 특히 '최'가 대학 시절 수요문학회에서 태극기와 박정희 대통령 사진을 동시에 가리키며,

122

"내가 경례를 하는 것은 대한민국의 태극기이지 저 독재자를 향한 것이 결코 아니다."

그 외침 한 마디로 끌려갔던 '수요문학회 사건'의 베일을 젖히는 순간이다. 사제지간이 추억의 늪에 울컥 빠진 채 술에 젖고 눈시울도 젖었으므로 나 혼자 바깥 구경으로 시간이나 때워야 했다. '최'가 떨어지면 택시에 실어주고 스승님은 산성동 계단을 올라 모셔다 주기로 마음먹는데, 그렇게 가까이 있어도 머나먼 당신.

언제부터였나, 지금은 각자의 길을 걷는 느낌이다, 는 자괴감에 빠질 것 같다. 울컥, 슬프지는 않았는데 담뱃가게 문을 열다가 갑자기 눈물이 터져서 소매로 깨끗이 닦아내었던가. 그때까지 두 롤 모델 물건들은 즈이끼리 미주알고주알 빠져 있었으므로 내가 재빨리 끼어들어 생뚱맞게,

"기쁩니다. 존경하는 스승과 존경하는 선배를 동시에 모셔서 행복하기 그지 없습니닷!"

그 진정성 토로 문장에 둘은 민망한 표정으로 흐물흐물 웃었다. 내가 생각해도 그 멘트가 느끼한 건 알겠는데 지울 수가 없었으므로 그냥 푸하하 웃어주었고.

아내는 대학시절 '최'의 연극 동아리 '황토'의 정통 후배인데 그 구성원 복판에는 '최'가 평생 부채로 안고 사는 망자 황시백 선생도 있었단다. 그 운동권 소굴 그러니까 최루탄과 스크럼, 징계와 복학의 혼재 소굴로 새내기 여대생이 합류한 것이다. 아내 왈,

'드라마 속의 우국지사들이 황토에 죄다 모여 있었다.'

지금도 가끔 최교진과 김영숙 부부, 황금성과 계순옥 부부 그리고

꽹과리 잘 치던 이영래 선배를 만났던 감동의 소회를 말한다. 황토는 그렇게 예술적 흡연가인 전채린 교수가 든든하게 받쳐 주었고 '황'과 '최'를 위시한 울울청년들은 스승의 그늘 아래를 들락거리며 공연을 띄우고 술을 마셨고 징계와 투옥을 왔다갔다 했다. 그렇게 둘은 연극반과 안면도 누동학원과 대자보와 술판을 함께 하다가… 안타깝게도 황시백 선배가 먼저 세상을 떠났다.

시국이 암울해서 가슴 뜨겁던 젊은 그들, 밑바닥 소재로 대본을 쓰고 거사를 벌일 때마다 위험한 거사는 거의 잡역부를 자처하는 황시백을 중심으로 도모했단다. 그 때 황시백은 김지하의 「금관의 예수」를 '성냥'이라는 제목으로 바꾸어 공연을 하고 또 끌려갔으니 '최'는 그 장면만 떠올리면 울먹울먹 등이 시려진단다. '최'는 가끔—징계를 먹은 후 고향집 벌판에서 함께 뒹굴며 들밥 먹던 추억이나, 눈 내리는 겨울 장항선 열차 안에서 감옥행을 결의하며 부둥켜안고 울기도 했던 벗과의 스냅들을 떠올리며,

'나는 지금도 황 형이 두렵다'

회한의 표정으로 토로하곤 한다. 감옥이 늘 곁에 있던 시국이었다.

그리고 제자 은정이 이야기는, 이 땅의 착한 스승들 대부분이 겪어보는 사연이기도 하다. 첫 키스처럼 설레는 첫 발령지에서 배반의 씨앗을 감싸 안으려는 스승의 사연은 기실 천편일률이면서도 진한 사랑의 점철이다. 첫 발령지, 경직된 교무실 풍경, 재잘대는 아이들 틈새에 그늘진 씨앗 하나 그리고 가정방문 속에서 만난 음울한 툇마루 배경들이 모두 그렇다. 교무실을 뒤집어놓아서 선생님들의 정을 뚝 떼어놓은

다음 가출과 징계가 반복되는 그 장삼이사를 가슴으로 껴안는 게 진실한 스승이다. 그 은정이를 어렵게 찾아내었고 모두 퇴근한 교무실에 남아 가출소녀와 착한 훈장이 나누는 대화는,

"나 학교 다시 다녀도 되나요?"

"그럼!"

"반성문 며칠이나 써야 해요?"

"이미 반성했는데 왜 써?"

"내일 소풍 간다는데 가도 돼요?"

"당연하지."

그리고 소풍날 가장 신나게 춤을 추는 은정이를 보면서 다른 선생님들이 혀를 차고 있을 때 '최' 혼자 감격의 눈물을 글썽이는 영상이다.

"지금 은정이는 춤추는 게 아니라 우는 거야. 안 보여?"

담임선생의 손바닥을 간곡히 모았단다.

해직교사 시절, 내가 살던 홍도동 시영아파트에서 숙녀가 된 은정이를 만났으니 30년 지난 일이다. 나는 그냥 옆에서 엽차 한 잔과 맥주 한 컵 정도나 따라준 것 같지만 그들의 눈빛과 공기의 흐름을 죄다 읽었다. 따뜻하고 처연했다.

그 후 90년도니까, 내가 탄천중학교 복직교사였고 그가 전교조 충남지부장이던 시절,

"행님, 일대일로 한판 꺾읍시닷."

"너를 만나러 그 학교에 직접 갈게."

그 소리만 듣고 (불발로 끝냈지만) — 그와 내가 눈길 버스를 타고 오면서 은정이에 대한 이야기를 나누는 가상의 단편소설도 하나 썼다. 그

소설을 그해 전교조 신문 맨 마지막 호에 실었으니 나의 첫 소설집 『비늘눈』 맨 마지막 꼭지에 나오는 「우리는 만나야 한다」이다.

가벼운 이야기로 마무리 하나.

충남교육연구소 이사인 권정안 교수는 긴 세월 소도시 지역인을 대상으로 한학(漢學) 강좌를 열어 「논어」, 「금강경」, 「시경」 교실을 차례로 열었다. 그 무료강의에 곰나루 근방의 엘리트 민초들이 부나비처럼 문전성시였다. 아내 박명순이나 시인 최은숙, 카리스마 원미연 선생, 원조 카리스마 조성희 선생까지 모두 '소리 없는 아우성'의 도가니였으며, 특히 조각 미남 이진철 선생은 '권'을 가리켜 대제학이라 칭했었다. 그러거나 말거나 무식이 주특기인 나는 일부러라도 무심해야 뱃속이 편안했다. 오히려 그의 고딩 동창생이자 같은 반이었던 최교진 왈,

"걔는 키가 작아 둘째 줄에 있었고 나는 40번도 넘었어. 걔는 맨날 공부만 하고 술 담배도 못했는데 나랑 상대가 되었겠니? 푸하하하."

그 말이나 떠올리며 고소하게 피싯피싯 웃을 뿐이다. 권 교수는 최교진과 김지철 선배가 세종시와 충청남도 교육계 수장을 맡은 걸 보답하는 마음으로 그 동안 중단했던 연구소 회보의 '고전 읽기'를 새롭게 연재하시겠단다. 그게 '권정안의 새롭게 읽는 고전'이니 기실 그건 공자와 노자의 삶으로부터 유래된 것이다.

추석 연휴.

나는 그 '말의 선물'을 떠올리며 잠시 센티해졌다. 시국을 견디며 세월을 보내는 것은 대부분 수수롭고 가끔은 행복하다.

나태주 시인은 야무진
울보다

문학을 별자리보다 아름답게 담던 시절, 어두운 세상에서 홀로 깨끗한 영혼으로 세상을 짊어진 자, 그 직함이 곧 시인임을 추호도 의심치 않으며 몸도 마음도 통째로 바치고 싶었던 청춘 즈음이다. 그런 것들이 착각인 줄 알았을 때는 이미 문장의 근성이 허벅지 깊숙이 붙어 있어서 떼어낼 수 없었으니 그게 운명이다. 그랬다. 문학은 빵과 사랑 그 어느 것도 해결해주지 못했지만 일단 수렁에 빠지면 영원히 탈출할 수 없는 마약이 되는 것이다.

새 천 년 직전의 어느 여름날.

공주 제민천 옆 찻집 다예원에 도착한 시인의 이마에서는 구슬땀이 뚝뚝 흘러내렸다. 그가 재직 중인 논산의 호암초등학교에서 시내버스를 타고 막 퇴근하는 중이라고 했다. 금학동 자택에서 그의 학교까지는 40분가량 걸린단다. 과히 먼 거리는 아니지만 워낙 벽지인 관계로 버스가 별로 없다. 하여, 지난겨울 시인은 시내버스를 놓칠 때마다 시간 반가량 눈발을 헤치며 휘청휘청 출근했단다. 발을 헛디뎌 몸이 기우뚱했는데 문득 청솔가지가 흔들렸다. 후두툭 뚝딱. 때까치 날개 소리와 함께 은빛 눈가루가 터졌으니, 그 출근길이 바로 시의 소재가 된다. 그는 아직도 승용차를 운전할 줄 모르며 당연히 앞으로도 남들의 운전대에 의지하게 될 것이다.

그러나 우리네 일상은 그렇듯 안락하게 풍경만을 감상하게 만들지는 않는다. 이상을 사각사각 파 먹으며 살고 싶지만 실용의 덫이 일상마다 하이에나처럼 물어뜯는다. '꿈과 밥' 두 가지 모두 버릴 수 없는 게 문제다.

그때 나는 지역 주간지 「교차로」의 청탁으로 그를 기획 취재하는 중이었다. 자주 만난 얼굴도 객관화시켜야 하는 게 기자의 의무다.

"옛날에도 이지매 현상이 있었어요."

외조모의 손길에서 성장하던 서천군 서초초등학교 시절 같은 반 덩치 큰 친구의 주먹을 아슬아슬하게 피했던 기억으로 이야기가 풀어졌다. 그러나 그의 유년은 또래 주먹의 폭력에 시달렸던 것 같지는 않고 그보다는 가난하지만 꿈을 꽃으로 피워내던 기억의 점철이 더 흥미로울 것 같다.

막동리 논두렁 소년.

눈이 큰 어린이 하나가 등교하는 길목으로 5일장이 섰고 좌판의 책장수가 있었다. 가마니때기 위에 50년대 당시의 유일한 어린이 잡지 『새벗』과 『안데르센 동화집』이나 『서유기』, 『홍길동전』 등 활자 더미가 산해진미 먹거리보다 황홀한 냄새로 풍겨진다. 좌판 아저씨는 아이들이 왼종일 쭈그려 앉아도 야단치지 않았으니 필시 가슴 넉넉한 이웃이었으리라. 소년 나태주는 그렇게 등하굣길마다 침 발라가며 책장을 넘겼지만 끝내 책을 소비해주는 손님이 되지는 못했다. 공짜 책을 넘기며 소년 혼자 문장들을 달달 접수했으니 그게 시인의 꿈이 되었다. 소년은 어린 날 동화책을 넘기며 가슴에 담았던 꿈을 지금도 가끔씩 움켜쥔다. 세상사 모두가 꿈을 꾸는 자유가 있었지만 대부분 꿈은 그저 헛배만 불리다가 한낱 꿈으로 끝나지 않던가.

하지만 그는 지금 분명히 '꿈을 잡은 소년'이다.

아무리 생각해도

다시는 만날 수 없는 너

빗속에 마주보며 울 수도 없는 너

어디 갔다 이제야

너무 늦게 왔니

—「초승달」부분

흰구름 사위어진 그 자리에 문학청년으로 성장한 시인 나태주가 웅크려 앉아 있다. 아마도 그해의 마지막 눈발이 잦아진 춘삼월 즈음 초승달 빛 하나 희뿌옇게 떠 있을 것이다. 그 반가움의 문장이 '너무 늦게 왔니'이다. 새길수록 사무치는 표현, '너무 늦게 왔니?'가 왜 하필 모든 시인을 버리고 그 혼자에게만 들어왔을까. 그냥 '늦게'가 아니라 '너무 늦게' 나타난 초승달이라니.

그러나 세상 어디에도 아침이슬 빨며 살아갈 수 있는 공간은 당연히 없다. 세상은 관념이 아니므로 더욱 그렇다. 울 수 있는 공간도 갈수록 좁혀진다. 북받쳐 대문을 뛰쳐나왔지만 막상 스스로의 격정을 폭발시키기엔 아직 마음이 유약했다.

그는 상수리나무 숲에서 칡같이 얽혀진 손을 비비며 울멍을 견딘다. 꽈리나무 아래 짚불 피워 하늘로 보내는 눈빛은 초롱초롱 눈시울 젖는 것이다. 가난도 아니고 집안의 불화는 더욱 아니다. 그저 대숲을 덮는 저녁노을이 슬프고 흔들리는 이파리에 사무치는 것이다. 그리고 세월이 강물처럼 흘렀다.

이십대 후반쯤 후배 시인 이재무와 벗 조성일의 집에 갔다가, 금학동 뒷산 생태공원까지 행보했던 젊은 삼월이 있었다. 5공화국 신군부 정권 즈음이니 우리들의 복학생 시절이리라. 예전의 금학동 수원지 뒤로 나무꾼들의 집터가 시커먼 흔적으로 남아있는 그 자리다. 집터가 사라진 그 자리는 지금 수풀만 울창하여 멧돼지 가족이라도 만날 판이다.

솔숲에 지게목발 받친 채 솔잎 긁다가 저물녘 제민천 오일장에서 나뭇단 팔아 조양성냥이나 양잿물로 바꾸더라는 그 마을은 폐허처럼 고즈넉했다. 빈 바지게 가랑이에 대롱대롱 매달은 고등어 한 마리는 아궁이 곁불로 온 가족 비린 반찬으로 저녁 밥상에 오를 것이다. 그 옛날 흥겨울 때마다 두들기던 지게 작대기도 떠올리는데,

후배 습작 시인은 봄날의 골목길에서 멈춰,

"형, 저게 나태주네 집이야."

나는 얼어붙은 몸을 숨기며 무심한 척 몸을 돌렸다.

"「막동리 소묘」의 시인 몰라?"

시인의 집은 개울 옆에 자리한 평범한 단독주택이었고 담벼락으로 개나리가 올라오고 있었다. 문패에 '나태주'라고 분명히 붙어 있었으니 생애 처음 시인의 집을 만난 것이다.

대체 시인이란 어떻게 생긴 풍모일까.

관이 향기로운 것 같은 시인의 계보, 아침이슬을 더 맛있게 소화하는 성품들이란 과연 우리 일상과 얼마나 차별화되는 것일까? 개나리 꽃 노란 물감 허공에 번지는 울타리를 보며 그의 시 「대숲 아래서」를 새롭게 떠올리기도 했다. "물에 빠져 머리칼 헹구는 달님만이 내 차지다"라는 기억을 붙박이로 움켜쥐며 시인의 표정을 상상해 보았다.

그러나 그뿐이다. 우리들은 예나제나 사랑의 표현 방법을 몰랐으므로 무심히 지나쳤고 시내버스 탈탈거리는 소리를 들으며 구두코만 문질러대었다. 문고리 박차고 만났어야 하는데, 하며… 아, 그 옛날 젊은 날의 발자국도 기실 지척이다.

시인 나태주.

젊은 나이부터 명망 있는 시인으로 자리 잡았으며 긴 세월 지역구 좌장의 독보적 자리를 걸머진 그의 시집은 이미 수십 권이 넘었다.

"가야 할 필연성이 있으면 만사 제치고 가는 거예요."

당연히 그럴 것 같다.

빤히 보이는 앞길도 있지만 숨겨진 오솔길 찾아내며 만사 제치고 가야만 한다. 그러나 솔직히 다져야 할 길을 만나도 망상망상 발을 딜지 못하는 사람이 얼마나 많은가. 길 너머 또 길이 있음을 알지 못하기 때문이다.

"소월도 윤동주도 김유정도 마찬가지예요. 남들은 세월 따라 버릴 것은 버리고 챙길 것은 챙기는데 그들은 스스로의 목표만을 향해 달리느라 옆을 보지 않았던 거예요."

그는 인생의 9부 능선쯤 서 있는 것 같다.

드러나지 않는 가능성을 향하여 한번만 더 거듭난다면 그는 유년에 꿈꾸었던 나머지 문학적 성취를 싸그리 이룩할 수 있다. 부러웠던 건 그의 청년 시절에 품었던 감성 때문이기도 하다. 그렇다. 청년은 뜨거운 감성 하나만으로도 문학을 향해 덤벼들 수 있지만 세파를 담은 시인은 그에 걸맞는 철학도 품어야 하니 그게 문제다.

그러나 세파는 날줄 씨줄처럼 정교하지도 않고 단순하지도 않다. 다급하게 튕겨져 나오는 표적물들을 보며 때로는 영악하게 맞대응해야 하는데 그는 그 정도로 정교하지는 못하다. 그에게 돋보이는 건 우직하게 빼어난 감성이다.

> 길 가다 대숲에 쓰러진 햇살 소나기를 보고도
> 문득 멈춰 눈물 글썽여지는 아, 그 어리석음
> 헌칠한 해바라기나 목련이 되지 못하고
> 겨우 땅기운에 꽃을 피운 봉숭아여, 봉숭아여
>
> —「막동리 소묘 74번」 부분

1963년 공주사범학교를 졸업하고 한하운, 서정주 등을 만나며 시

창작에 발을 디뎠으니 등장부터 빠르다. 그러다가 돌연 1971년 서울신문 신춘문예에 당선되면서 박목월, 박용래, 박남수, 전봉건, 정한모 등 기라성 같은 문단 선배들과 교류하게 되니 그게 '해방 후 문학의 1세대'들이다. 1세대들과 스크럼 짜고 본격 문학을 시작했으나 그 신산의 사연은 이 자리에서는 생략한다. 그보다 돋보이는 건 잡힌 감성을 즉각 체화시키는 몸의 본능이다.

> 유채꽃밭 노오란 꽃 핀 것만 봐도 눈물 고였다
> 너무나 순정적인 너무나 맹목적인
> 아, 열여섯 살짜리 달빛의 이슬의
> 안쓰러운 발목이여, 모가지여, 가슴이여
>
> —「막동리 소묘」부분

청정 보리의 숨소리에 흐려진 시야, 차마 바라볼 수 없다니, 시인은 과연 보리밭이 몰래 감췄던 시끈시끈 숨소리를 어떻게 들었다는 것인가. 꺼럭끼리 부딪쳐 소리 내는 생명의 수위를 왜 그 혼자만이 듣고 있는가. 그랬다. 김지하는 골짜기 깊은 곳에서 '역사의 발자국 소리를 들었다'고 했고 술 탱크 윤재철 시인은 군복무 시절에 '콩나물 크는 소리'를 분명히 들었다고 했다. '마음의 눈'으로 보면 모든 게 사실로 통한다. 경내에 비워둔 술잔에 봄비가 속살거려 더욱 그렇게 느껴졌을지도 모른다. 그러니까 살을 씻는 댓잎의 노래가 비워도 자꾸 넘치는 것이다. 오— 산지사방에서 터지는 자음과 모음의 교배 소리라니, 뻐꾸기와 물안개의 합종이라니. 문득 망자였던 벗 정영상의 표정이 오버랩

되는 건 벗의 편지 글 때문이다.

눈 오는 날은

연못에 사는 물고기들이 다 무얼 할까

동네 꼬마들이 쿵쿵 울리는 얼음지치기 놀이에 벌벌 떨며

오늘따라 꼼짝달싹하지 않는 물풀들을 원망할까

심심하다고 하늘 쳐다보다가 두껍게 부딪치는 빙판

이 깜깜함을 미리 맞대고 숙의라도 하는 걸까

—故 정영상의 시, 「눈 오는 날은」 부분

"정영상은 이 세상이 죽인 거예요."

아무 말도 꺼낼 수 없었다. '세상이 그를 죽였다'라는 당연한 해답이 나로서는 너무 억울한 것이다. '그냥 세상이 아니라 잘못된 시국이 그를 죽인 거라구요' 라고 강변하고 싶었지만 그 사설 또한 망자의 빈자리를 표현하기엔 턱도 없이 허망한 문장이다. 그랬다. 해직교사 정영상은 학교 방문 현장투쟁을 벌인 후 수모와 울화를 끌어안고 심장마비로 죽었고 나는 오래도록 우울증과 망자의 덫에서 빠져나오지 못했다. 「눈 오는 날은」은 그가 생전에 나태주 시인에게 보낸 편지다.

"선생님을 순두부집에서 취해 송별하고는 두어 달이 후딱 가버리는군요. 언제나 슬픔이 기쁨으로 변할 수 있을까요. 이유가 확실하게 슬퍼지는 요새, 쓴 시 한 편으로 겨울 소식을 전합니다."

그 순간 나는,

"저도 그런 편지 몇 통 받았다구요. 무당벌레 같은 엽서에 나를 칭

하여 '진흙'이라고 써줬다구요."

그가 죽기 전에 나에 대한 시 '진흙'을 써줬는데 그 고백은 끝내 터뜨리지 못했고 그의 진흙 속에 더 깊이 묻어두었다.

1994년 여름.

나는 그렇게 시인을 만나 다섯 시간 가량 인터뷰를 했고, 그리고 금학동 슈퍼 앞 평상에서 입가심 병맥주를 마셨다. 포장마차 어디쯤에서 쏘주 한 잔 마시고 싶었으나 그가 야간자습 하는 고입 수험생 딸 민애 양의 저녁 먹는 모습을 봐야 한다고 한사코 우기기에 따라온 것이다.

그는 소프트하면서도 드라이한 문장의 혼재로 필자를 아주 친절하게 마주해주었다. 약삭빠른 젊은이를 탓하고 가까운 벗을 도마에 올리다가, 당연히 내가 먼저 취했다. 문득 이 선배 시인과 대화가 부족했다는 자책감으로 몇 잔을 더 마시다가 아예 폭삭 젖어버렸다. 경비실 수돗가에 오줌발을 세우기도 하면서 한여름 햇살이 잠깐 고개를 꺾었다.

15년쯤 지나 크게 터진 반전 드라마.

모든 지인들이 그가 저 세상으로 가는 줄 알았던 사태가 터졌고 그래서 허허롭게 작별하는 줄 알았다. 진짜다. 43년 성상을 마무리하는 초등학교 교장 정년퇴임을 앞두고 그의 돌연사 소문이 터지면서 모두를 놀라게 했다. 그리고 '장례준비위원회'까지 꾸려진 상태에서.

막힌 세포에서 새싹이 트이면서 깜짝 소생했으니, 역시 그만이 지닐 수 있는 특이한 이력이다. 저승을 다녀온 사람은 이승을 넘지 못한 뭇 별들과 무엇이 다르고 무엇을 느꼈을까. 흰 가운 차림의 간호사들과 망치 소리로 짜여진 관 그리고 둥그렇게 둘러싼 눈빛들을 어떻게 감당

했을까. 그는 깨어나자마자 중환자실에서 대기했던 가족들을 가리키면서,

　　여러 날 그들은
　　비를 맞아 날 수 없는
　　세 마리의 산비둘기였을 것이다

　환생의 소회가 너무 간명하다.
　동시에 그 간명함에 가장의 운명을 지켜보는 식솔들의 표정들이 삼삼하게 그려지는 것이다. 산비둘기 세 마리였던 시인의 아내와 아들, 딸 그리고 그를 살폈던 이 땅의 모든 벗들의 표정이 삼삼하게 펼쳐졌다. 그래도 너무 신기하다. 죽음의 문턱을 기지개 펴듯 다녀오다니.
　그 후 행보가 더욱 왕성해져서 공주시 문화원장으로 자리잡고 모시 적삼에 자전거 출퇴근 차림이다. 최근에 풀꽃 문학관도 세웠고 '풀꽃 문학상'을 만들었다. 하여, 젊은 날 개나리 담벼락에서 서성이던 이재무 시인이 첫 수상자가 되었고 이듬해 유지남 선생이 젊은 시인상도 받았다. 그러거나 말거나 필자는 그의 행보를 먼발치서만 접했으니 그게 무심함의 발로일까.

　　자세히 보아야
　　예쁘다

　　오래 보아야

사랑스럽다

너도 그렇다

—「풀꽃」 전문

    텔레비전의 드라마 〈학교 2013〉의 '가혹한 교실'에서 그의 시가 낭송되면서 순식간에 국민애송시가 되었다. 정지용의 「호수」나 안도현의 「연탄불」, 도종환의 「접시꽃 당신」처럼 이 땅의 감성인들이 모두 외우는 짧은 촉수의 명징함이다. 나도 영어듣기 평가 오픈 방송에서 시인의 문장을 들으면서 미소를 지었고.

정낙추,
그 기억력의 우물

글이란 제발 무엇인가.

갯벌 농부인 그를 만날 때마다 그 원초적 화두에 시달리며 밤마다 요강 뚜껑을 굴리는 상념에 빠지곤 했다. 그는 내세움이 전혀 없는 농투사니인데도 왜 나 혼자 문장의 전략가라는 두려움에 빠지는 것일까? 그랬다. 삽자루 멘 몸에서 원고지를 마주한 포즈로 바뀔 때 그의 표정이 겹겹이 확인된다.

그는 잰걸음은 아니지만 주도면밀하다. 모항포구를 걸으면서도 가가호호 사연을 꿰뚫고 재건시대부터 디지털시대 이후까지 단박에 배치시킬 수 있다. 그러나 세상이 재능대로 풀리는 것은 절대 아니니 우선 그의 정직성 탓이 가장 크다. 짧은 가방끈도 사소한 이유가 되겠다.

아내 박명순 선생과 함께 모항항에 방문했을 때 그들 부부는 갯벌 성찬을 고스란히 차려주었고 갯맛의 감회에 젖게 해주었다. 일부러 만리포 입구까지 걸어가 박미라 시인의 글이 새겨진 바위를 만지다가 다시 반대편 모항 방파제를 걸었고 내가 졸라서 해변 슈퍼에서 맥주를 몇 캔 더 마셨다. 해변가 평상을 지나칠 때마다 사방의 장삼이사 이웃들이 '이장님' '이장님' 소매 끝을 잡으며 상담을 요청하는 바람에 발길이 더뎌졌다.

그는 모항리 이장으로 면사무소도 출입하는 마을 유지(?)이다. 예전의 이장들처럼 동네 마이크로 '환절기에 감기 조심 하쇼 잉' 따위의 안부는 묻지 않지만 날마다 발로 뛰는 부지런함을 버릴 수 없다. 공동화장실 설립이 그의 업적 중의 하나인데.

태안반도에는 100여 개의 해수욕장이 있으니 여름철 1000만 관광객이 전혀 과장이 아니다. 피서 인파들 역시 해수욕장의 바가지 물가를 알고 있으므로 모항리 입구 마트촌에 승용차를 줄줄이 바쳐 물건을 싣는다. 문제는 정차한 김에 그때까지 참았던 몸의 수분을 빼야 한다는 생리작용이다.

"어째 이 동네엔 화장실이 없지?"

여자들은 주택 안에 들어가 용변을 해결하지만 오줌보 짧은 남자들은 담벼락 뒤에나 장독대 사이에서 허리띠 끌르고 오줌발 세우니 전봇대건 아스팔트건 지린내 투성이다. 하여, 정낙추 이장이 면사무소에 건의하여 화장실을 세웠다. 청소하는 인부도 채용하여 알바 자리도 만들어줬고.

"팔 비틀어 완장 빼앗아 찬 후 똥오줌 못 가리게 바쁘다오."

술은 나 혼자만 마셨다. 아무래도 더 채워야 속이 뚫릴 것 같아 시린 속 감추며 대여섯 잔 거푸 더 비웠지만 늘 그렇듯 그는 온화한 미소

뿐이다. 남들이 일반 쌀로 농사지을 때 찹쌀로 바꿔 돈을 벌었다고 했고 배추값이 폭락할 때는 절인 배추로 바꾸어 견뎌냈더란다.

그러다가 풀밭에 오줌을 누며,

"나는 아무래도 지역작가인가 보다."

툭 던지는 그 한마디가 부은 발등에 젖은 수건 올려주는 청량감이다. 동시에,

"해봐야지."

나는 갯바람 쐬며 두근두근 다음 말을 기다렸다.

'왜 이제 만났나요?'

서걱서걱 갈대 소리가 비수처럼 심장을 찌른다.

지역 작가란 제발 무엇인가?

밤마다 사각사각 글을 쏟아도 중앙 문단과 연이 전혀 닿지 않는 벗들이 그들이다. 글쓰기에 바빠 외로움도 느끼지 못하는 그들, 공주의 이걸재 소설가, 금산 좌도시의 길일기, 안용산 시인 그리고 『흙빛문학』의 임명희 선배와 정낙추 시인이나 이동현 선생이 흙속에 숨은 진주 부류다. 그들은 문단 행보에 숨겨져 있지만 절망도 자만도 없이 날마다 글을 쓴다. 골짜기 어디쯤 외딴집에서 밤을 새워 글을 써야 하는 운명이니, 낱낱의 사연들이 그만큼 귀한 것이다. 청탁을 부탁하지도 않을뿐더러 청탁도 오지 않는데 하염없이 글만 쓰는 것도 그들의 숙명이다.

'좋은 글을 쓰면 언젠가 좋은 평을 받는다.'

그런 외고집이 외로운 진정성을 만들기도 했다.

'다섯 사람이 읽더라도 감동할 수 있는 글을 써야 한다.'

그 우직한 고집은 그대로 가야 한다.

중년의 그해 겨울, 왜 대상 없는 분노가 솟구쳤는지, 그 분노를 감당하기 위해 하필 글자를 택했는지, 그는 스스로 속마음을 잘 안다. 흔히 전원시라 일컫는 '황금빛 들판'이나 '주렁주렁 열린 홍시'나 '고추잠자리' '농촌의 희망' 같은 한갓진 단어가 설치는 게 미워서 그도 한번 집어던졌다나, 어쨌다나. 입문 이후 10년을 관망했고 지금은 번지 점프를 준비 중이다. 너그럽고 넉넉한 문장들이 봇물 터지기 직전이니.

그는 취평리 출신 기억력 천재 임명희 누이보다 한 살 적은 6·25둥이였고 그 전후 세대 벗들처럼 찢어지게 가난한 유년을 보냈다. 오일장 튀밥 기계를 돌릴 때마다 도장병 소년 혼자 웅크린 채,

'쌀이 이렇게 크다면 얼마나 좋을까?'

상상에 빠지던 찰나만 동화처럼 행복했지만 불이 꺼지면 터무니없이 어두웠단다. 당연히 중학교에도 갈 수 없었다. 쌀 한 되로 튀밥 한 자루 만들어 의기양양 돌아오다가 새로 산 중학교 모자를 쓴 이웃 벗들과 마주치면서 얼굴을 튀밥자루 속에 집어넣고 싶어졌단다. 시국이 가난했고 등장인물과 배경까지 가난했으니 사는 게 튀밥 자루 뒤집어 쓰고 사는 팔자인가 보다 했다. 호롱불 아래에서 책을 읽을라치면 어머니가,

"섹유 닳는다. 불 끄고 자라."

곧바로 불을 끄고 달빛에 기댄 채 글자 수를 맞추는 재미도 쏠쏠했다. 책을 읽는 만큼 생활고가 축나니 눈칫밥 먹듯 숨어서 책을 탐닉하는 재미도 몸에 배었다. 수를 놓던 누님들의 놀림도 딱 그 서정성이니.

"중학교도 안 가면서 책은 읽어서 뭐하니?"

그러면 소년 정낙추도 뿔이 나서,

"시집도 안 가면서 수(繡)만 놓으면 뭐해?"

그 투덜이로 피붙이의 정을 다독다독 붙이던 재건시대 유년의 서정성들이 알몸에 칭칭 묶여있었다.

가난한 벗들은 짧은 가방끈과 저마다 신산한 생활고를 견디기 위해 희망을 접은 채 재빨리 돈벌이에 나서기도 했다. 졸업 전에 자전거포에 취업한 친구도 있고 이발소나 읍내 식당 심부름꾼으로 나가기도 했고, 더러는 자신의 키에 맞는 지게를 지고 나무꾼 연습 준비를 서두르는 바람에 더 그랬다. 그러면서 정낙추 혼자 비상을 꿈꿨으나 당장의 일거리가 놓아주지 않으므로 불가능했다. 느리게 크는 만큼 축적된 자양분이 있음은 꿈도 꾸지 못하던 시절이다.

그렇게 그물망에 씌워졌던 송곳들이, 어느 날 담벼락 뚫고 얼굴 내밀며 먹물 문사들을 옴싹달싹 묶어버렸다. 취평리 출신 가발공장 생산직 임명희 시인이 그랬고, 보일러공 이면우 시인이나 일식집 시다바리 출신 유용주 소설가, 나로도 섬마을 소년 출신 주방장 김광선 시인이 그랬다.

'기억은 늙지 않는다.'

늦깎이 작가인 그의 좌우명이 그래서 든든하다.

열 살의 봄, 몰래 어머니를 미행하던 기억 속의 풍경들 역시 육신이 쇠하도록 선명하다. 어린 주검이 묻혔다는 그 언덕은 이제 아파트 단지로 덮였지만 '세상에서 가장 슬픈 이별'이라 명명했던 유년의 기억은 절대로 소멸할 수 없다. (그의 문우 임명희 누이의 세세한 흔적물을 살펴보라.

유년을 우려먹으면 또 다른 유년이 고구마 뿌리처럼 산지사방에 퍼져있는 게 확실하다.) 감자꽈리 영글던 언덕과 찔레 덤불, 베적삼을 입은 어머니는 지금 까칠까칠한 몰골이지만 앙가슴 팡팡하던 새댁의 시절이 있었으니, 지난한 세월 반 세기가 훌쩍 지났다.

    하늘바라기 자갈논 서 마지기
    산비탈 쑥 덤불 떼기밭
    그 끈을 놓지 않으려고
    소작농 祖父는 풀처럼 살았다
    자손처럼 늘지 않는
    찌그러진 살림을 허기로 움켜쥐고
    한 뼘 농토를 늘리려고
    흰밥 한 사발 멀리 했어도
    눈 감을 때까지 상투를 자르지 않은
    고집 센 풀이었다

                                                    ―「풀의 역사」 부분

　1989년 『새농민』 잡지에 독자투고 한 시를 보라.
　뙤약볕과 폭우가 쏟아지는 처녀작 문장이 도대체 볼펜심 하나 들어갈 수 없을 정도로 빈틈이 없다. 평생 땅만 파먹는 사람들의 역사가 한 올의 흐트러짐이 없이 단단하다. 게다가 원조 반골 기질이 고구마 뿌리처럼 꿍꿍이로 숨어있다. 그래봤자 그때까지는 투고작 모퉁이에 실린 두루뭉술한 시평을 몰래 살피며 가슴 쓰다듬는 초짜배기였을 뿐이다. 그러다가 우연히 태안 지역의 종합지 『흙빛문학』을 만나면서 그는 입문했고, 더디게 걷다가, 순식간에 만난 일취월장의 기회를 망설이지 말았어야 하는데, 한동안 망설였다.

글을 쓰는 사람들이란 어떤 모습일까, 가 망설임의 이유이다. 내가 끼어들어 글을 배우겠다고 해도 과연 누가 되지 않는 것일까. 그나마 내 지역에 살고 있으니 받아주긴 할 것 같은데, 아리송하다. 그때까지 문학 행위란 게 선택받은 금수저 성분들만의 소유물인 줄 알았으므로 참여 여부를 한동안 뜸 들였다.

특히 정낙추가 가장 느리다. 삶이 진부하던 서른여덟 어느 날 처음 시라는 것을 써보았으니 입문 과정의 고독을 설명할 길이 없다. 아니다. 농토에서 삽질만 하다가 저물녘에야 글자 수를 맞췄으니 그 우직한 도정은 고독이란 개념조차 끼어들 수 없었을 것이다.

임명희 시인과 둘이 이맛살 맞대고 토론하면서 10여 년 동안 행복한 습작형 에너지로 보냈으나 혹시 이게 '쳇바퀴 돌기'가 아닌가 하는 불안감도 있었다. 그러다가 'MBC 느낌표 도서'에 선정되고 한겨레신문에 '노동 일기'를 연재하던 유용주 시인을 만나 정식으로 시를 배웠으니 따지고 보면 그때 한 단계 업(up)된 것일 수도 있다. 그렇게 1년쯤 지난 어느 날 유용주가,

"형님, 제가 언제 서산을 떠날지 모르지만 형님 글이 너무 좋습디다. 그 전에 형님의 시집을 출간하고 싶습니다."

그 후 2년 뒤 첫 시집이 나왔으니 그게 『그 남자의 손』이다.

그도 문단 현장을 직시하고 문학인에 대한 외경심을 수정하기로 했으니 안타깝고 다행스럽다. 그는 곧바로 지역의 중심으로 자리잡았고

한 마디 벙긋도 없지만 서해안 문화의 좌장이 되었다. 지금은 그 자양분으로 한반도를 향한 엄청난 도약을 준비 중이다.

> 아직도 눈물이 남아있느냐고 바람이 묻는다
> 그렇다는 대답 대신 고개를 서쪽으로 돌린다
> 해가 저문 들판에서는
> 언 땅 풀리는 냄새가 풍기고
> 지난겨울에도 꺾이지 않는 마른 갈대가 비로소 허리를 접는다
>
> ―「生을 배웅하다」 부분

늙어가는 몸이 젊은 기억을 꺼내니, 기억의 복원 연상(聯想)은 몸과 마음의 반비례 작업이다. 그러니까 그의 기억력은 타고나는 게 아니라 학습이요, 발로 뛴 땀의 산물인 것이다. 논두렁 밭두렁에 매달리면서도 시어의 이미지를 놓치지 않으려고 귓갓길 내내 중얼거렸으며 집으로 돌아와서는 메모지 찾기에 시달렸으니 그 깨알노력이 참으로 신산하다. 일하는 손발과 글 쓰는 머리가 따로따로 놀다보니 툭하면 몸뚱이에 낫자국 칼자국이 생기는 행복도 있었다.

"기억은 늙지 않으니 그게 희망이리라."

그는 요즘 새로운 소설 작업에 빠져있으니, 역시 기억력과 기획력을 자산으로 한다.

단편집 『복자는 울지 않는다』는 순전히 동네 사람들의 애환과 넉넉함을 고스란히 펼친 문장이니 독자 여러분들의 반응을 기대한다. 이후 집필 장르를 장편소설로 바꾸더니 모항면 갯마을을 기반으로 한반도

의 역사를 끌어당기는 대하소설 『풀의 역사』가 첫 시동을 걸었다.

　서해안 갯벌을 배경으로 한 농투사니들의 해방공간과 토지개혁, 신흥 부자의 출현과 첫 선거 그리고 보도연맹 자술서를 써주고 홍두깨 참변을 겪는 내용으로 서막을 여는 참이다. 그 와중에 해방 직후 등장한 '제무시'와 '호롱기' 방아 찧는 '발동기' 같은 신종 기계들이 등장한다. '헷또'와 '호이루' '뿌라구' '스타찡' 같은 올드한 단어들이 톱밥처럼 터져 나온다. '도라꾸'가 황톳길 터덜거리면 동네 꼬마들이 각다귀 떼처럼 매달렸고 언제쯤엔 팔뚝이 피댓줄에 빨려가는 중년의 농부도 나올 참이다. 그의 늦깎이 반란은 과연 어디가 끝인가. 잠깐 상념에 빠졌는데, 어럽쇼, 자꾸만 이문구와 김성동의 화상이 혼재된 채 이마를 '빵' 때리는 것이다.

로망이여,
황재학의 벗들이여

　1981년 복학생 시절, 처음 만난 그를 조금은 기피했다. 그는 조각
미남 외모는 아니었으나 헤어스타일이나 옷맵시에서 '깔끔한 도회풍
과 털털한 시인'의 비주얼을 동시에 갖추고 있었다. 그래서일까, 맨 정
신에서 그럭저럭 반골적 낭만주의자 풍을 견지하다가도 숙취에 쩔었
을 때는 완죠니 샘물에 흩어진 밥풀떼기로 부유하기도 했다. 그즈음
꽃미남 동기생 권영주와 가끔 도보로 등교하는 게 눈에 띄기도 했으나
기실 나는 관심이 없었다. 나중 얘기지만 그도 나에게 관심이 없었다
고 했다. 그는 동갑내기였지만 3년 후배였기 때문에(나는 재수한 76학
번, 그는 6수 출신 79학번) 예비군복 복학생 무리들이 조금씩 거리를 두었
던 것도 이유가 된다.

　그즈음 나의 화두는 공간 확보였으니, 복학생이란 중압감 탓이다.
짐이 무거울 때마다 '울 수 있는 공간'이 좁혀짐을 인식하면서 날마다

불안감에 시달려야 했다. 어쩌면 이 촘촘한 세상에서 톱밥처럼 썰거나 갈지 모른다는 압박감으로 나는 술을 끊었고 대학 도서관에서 글자 맞추기에 돌입했다. 밤마다 '다시 군대에 끌려가는 꿈'으로 식은 땀 흘리던 시절이다.

그해 겨울 방학, 그가 벗 권태환과 내 고향 땅을 방문했다.

그 밤 일본식 목조건물(초등학교 사택)에 사시던 어머니는 캡틴큐와 간월도 생굴을 내놓았고 뜻밖의 정담을 푸짐히 나누면서 불시의 틈입자와 처음으로 밀도 있는 친밀어를 나누었던 것 같다. 이튿날 저수지 옆 여자 동창생네 집을 방문하여 술상을 받고 신작로 카페 '야자수'까지 진출하여 황재학의 노래를 곁들여 넉넉한 추억을 만들었던가. 그 사연은 내 고향집을 찾아준 극소수의 방문객으로 남아 오래도록 되씹게 만든다.

그와 가까워졌던 결정적 이유는, 같은 지역구인 논산에서 분필을 잡으면서부터였다. 나는 동향인이신 조재훈 교수님의 추천으로 논산 쌘뽈여고로 첫 발령을 받았고 그는 한 달쯤 늦게 소도시 같은 지역구인 기민중학교에 자리를 잡았다. 당연히 수시로 만났다. 새내기 교사의 부푼 꿈과 봄꽃 흐드러지는 햇살이 어우러지는 계절이었다. 목련꽃 터지는 4월 어느 날, 그가 『대화』와 『씨올의 소리』 등 흘러간 책들을 한 보따리 안고 내 하숙집을 방문했다.

그리고 나는 도서관과 문학주의에서 소위 현실 참여의 눈을 뜨게 된다. 함석헌과 전태일을 만났고 하숙집 책상에 웅크려 유동우의 『어느 돌멩이의 외침』을 읽으면서 펑펑 울음을 터뜨리기도 했다. 그때 나중에 해직 동지가 된 류도혁 선배와 카리스마 강한 강성렬 화백 그리고 탈춤반 강승구나 제자 김수니의 오빠인 소설가 지망생 김진국을 만나 먼동이 트도록 시국과 문장을 토론했다.

논산의 노을은 아름다웠다.

강경평야 가로수를 덮던 노을이 유리창 너머 부엌까지 완전히 단풍 바다로 덮어버리는 붉은 쓰나미가 있었다. 그리고 저무는 하숙집 문을 두들기는 황재학과 강경 '욕쟁이 할머니집'을 찾아 박용래의 흔적을 더듬던 그런 청춘의 세월이 있었다. 취중에 터미널에서 택시를 잡고 부여읍 규암면 합송리 총각 선생 권태환의 집도 급습하곤 했지만,

> 살아 있는 사람들은 끼리끼리 모여
> 마지막 그를 보내었던 백마강가에 서성거렸다
> 가랑잎으로 남은 사내가 나루터 쪽으로 떠밀려가면서
> 이따금 물거품을 햇살 위로 올려보냈고
> 나머지 사람들은 초가을빛으로 바랜 풀밭에 앉아
> 그 사내 이름을 불러대며 소주잔을 비웠다
>
> —졸시, 「그리고 노을 앞에서」 부분

벗의 이름은 권태환이었고, 내가 도서관에 몰입할 때 '강군 파이팅, 개발에 땀나라' 어깨를 두들기던 곰 같이 든든한 후광이다. 어느 늦가을 이슥한 밤 황재학과 함께 내 자취방 문고리 흔들면서 '밤차로 한없이 내려가자'며 기어이 대전역까지 끌고 나가기도 했다. 나는 이런 돌출 상황이 내키지 않아서 잠시 실랑이하다가 역전 앞 노숙자로 날을 샜고 황재학은 옆에서 '아침이슬'이나 '기지촌' '강변에서' 같은 콧노래

를 멋지게 불렀다. 신새벽에 눈을 뜨자 수십 명의 노숙 동지들이 시체처럼 널브러져 있었다.

그 권태환이 어느 출근길 세상을 떠났다.

영명고 통근버스가 모래 트럭과 부딪쳤고 고요한 통학길이 순식간에 아비규환이 되었던가. 권태환 선생은 부상당한 제자들을 들쳐 메고 구급차 찾아 이리저리 나르다가, 어느 순간, '이상하게 가슴이 아프다'며 가슴을 쓸어안고 쓰러진 다음 영원히 돌아오지 않았다. 그 작별 이후 나는 오랜 공황장애에 시달려야 했다. 사람이 만났다가 떠나는 일이 이토록 순간인데 살아 있는 우리들은 무엇을 아까워하며 놓지 못하고 있을까. 그는 꿈속에 알몸으로 나타나 내 알몸을 쓰다듬기도 하다가, 어느 날은 강 건너 버드나무 위로 펼쳐진 채 그니의 흰 이빨로 '너는 살아있다고 우느냐'며 껄껄대기도 했다.

황재학은 진보적 목회 집안의 막둥이였다.

아버지 황용만 님은 함석헌 옹을 초청하여 강연을 열기도 했던 진보적인 목사였다. 그 바람에 황재학 역시 대학에 입학하기 전 긴급조치 시대부터 몇 차례 불법 집회에 참석한 경험을 가지고 있다. 그는 유신 시국에 4·19 행사를 진압하던 경찰의 발길질을 그대로 재연시켜 나를 불안한 설렘으로 끌어들였다.

그는 월남가족이기도 했다.

스무 살 후반쯤 나는 논산 모퉁이 그의 형네 집에서 찹쌀과 김치와 당면을 넣은 함경도 식 '아바이 순대'를 대접받기도 했다. 황 목사님은 체격처럼 품이 넓었고 아들 친구의 수더분한 품새를 따뜻하게 대해주었다. 나는 눈길도 못 맞추는 수줍음 체질이지만 해직교사 시절 하룻 밤을 신세지고 떠나가는 나에게 군고구마를 싸 주시던 부친의 손길을 영원히 잊지 못한다.

지난해 마련한 집터에 자두나무 한 그루 봄볕에 순한 연분홍 꽃잎을 마구 토해내더니 가지가 찢어질 만큼 자두가 열렸다. 그러나 그것도 잠 시 뿐. 나무는 자신을 흔들어 많은 열매를 땅바닥에 내려놓았다. 우리 엄니 얼굴 같은, 그래그래 돌아가신 우리 엄니 얼굴 같은

—「자두나무」 부분

육남매 중 늦둥이였던 그가 하늘나라 엄니에게 목덜미를 잡혔다. 옥수수를 깨물다가 가운데 이(齒)가 '딱' 부러졌던 엄니는 그 틀니를 하얀 손수건에 그리도 조심스레 싸셨단다. 치과에 가면서 아버님 등 뒤에서 밥풀꽃 마냥 희미한 웃음 짓던 엄니가 새색시처럼 수줍어하는 음영이다. 엄니는 지금 하늘로 떠나셨지만 그는 아직도 그 품을 벗어 날 수 없다. 그래서일까. 자두나무를 바라보는 시인의 몸이 전봇대처 럼 길어졌다.

언덕 위 과수원에는 상처 난 햇살들이 여기저기 떨어져 뒹굴고 탱자 나무 울타리엔 페비닐이 허리를 흔들며 휘파람을 불었다. 바람과 살을 섞은 은행나무는 지붕 위로 노오란 정액을 쏟아내고 대낮인데도 사람 들은 발을 헛디디거나 자기 자리에서 맴돌았다. 더 이상 삶은 무의미하 다고 중얼거리는 입 속으로 울컥 신물이 올라왔다. 발아래 세상이 갑자

기 뜨거워지고 파란 하늘이 무서워져 어머니를 불렀다.

—「어머니를 부른다」부분

　철부지 감성 시인은 불혹 이후 노부모를 모시는 효자가 되었다. 그
는 하룻밤에도 몇 번씩 깨어 아흔 살 아버님의 변기통 오줌방울 소리
를 기다리며 책을 읽고 상념에 빠지곤 했다. 그랬다. 이따금 놀러갔다
가 그가 구순이 넘은 노부모를 동시에 수발하는 밝은 표정을 보고 나
는 화들짝 놀라곤 했다.

　아버지를 변기통에 올려놓으며 아바이 순대와 유년을 떠올렸을 것
이다. 어린 날, 비질 소리에 잠에서 깨면 샛노란 배추 속이나 겉절이를
입에 넣어주고 싱그레 미소 짓던 그 엄니의 기억이다. 꼬부라진 허리로
거실 바닥을 쓸거나 보푸라기를 떼던 그 음영이 아리고 시리다. 이제
는 노인방 특유의 역한 냄새까지 그리운 초가을이다.

　그가 대학 3학년 때, 유아교육과에 다니던 훤칠하고 시원한 아가씨
김정화를 만나 사랑을 나누며 마침내 둥지를 틀었던 순탄한 신혼 즈
음이다. 첫째 은권이를 낳았고 맞벌이로 아파트 평수를 늘이면서 행복
의 둥지를 그려보는 중이었다. 그에게 딱 어울리는 꽃마차 신혼이 바
야흐로 시작되는 줄만 알았다. 느닷없이 『민중교육』지 사건이 터졌고
우리들은 신새벽 초인종 소리와 함께 우르르 호송차에 실렸다.

　그때부터 나는 무중력의 풍선처럼 둥둥 떠다녔다. 갑자기 밥줄을
빼앗긴 해직교사들에게 그의 아내 김정화는 한동안 벗 강병철과 그 일
당들에 대하여 무던히도 관대한 표정을 지어주었다. 문제는 폭폭함을
달래기 위한 우리들의 행각이 더욱 대담해졌고 그 신혼집 현관을 걸어

차는 횟수가 늘어났다는 점이다. 아내 김정화는 수컷들의 거칠 줄 모르는 주사 행각에 경종을 울리기 위해 마침내 폭탄을 던지기도 했다.

"도대체 매일 술을 마시나훗?"

이맛살 주름에 이는 파문을 보며 나는 재빨리 꼬리를 내렸다.

한시적으로 경계를 보이던 그미가 다시 술꾼 문청에게 자애를 베푼 것은 그의 아들내미 돌잔치에 시 한 편을 선사했기 때문이다. 졸시 「황은권 군의 탄생을 전폭적으로 지지하며」를 읽으며 눈물을 뚝뚝 흘리는 모습을 민망하게 지켜보며 애증의 고비를 넘겼던 것 같다. 그 '사랑과 전쟁'의 해직교사 4년 기간이 내 인생의 가장 드라마틱한 시기였는데,

"요즘 어떻게 살지?"

구경꾼들의 조심스런 질문에는, 가차없이,

"깡다구로."

큰소리 쳤지만 기실 술만 마시면 취하고 토했다. 쫓겨난 선생들은 한 치 앞을 장담할 수 없었다. 그리고 경제적 벼랑 끝을 실감하면서 진짜로 겨울을 지내야 할 연탄값 바닥치기를 지켜보아야 했다. 아무튼 무서웠던 벗의 아내가 '시의 감동'으로 펑펑 우는 상황을 접하면서 나는 문학의 위력을 실감했었다.

그러니까 해직교사가 늘상 슬프기만 한 것은 아니다.

분기탱천, 태양처럼 젊었으므로 세상의 진리를 날마다 깨우치는 '우일신(又日新)'의 경외감이 있었고 또 벗들을 만나 눈빛을 맞추는 설렘이 있었다. 『삶의 문학』 이은식 선배는 도마동 사또집에 지폐를 맡겨 놓고 땡길 때마다 술을 마시라고 했고 출판 브레인 임우기는 해직된 벗들을 횟집에 데려가 목구멍 때를 벗겨준다며 우리들의 주량보다 훨

씬 많은 쏘주를 올려놓았다. 노력파 젊은 학자 이은봉 시인, 습작을 벗어나 떠오르는 시인 이재무 등을 만났고 공주사대 문학패 최교진, 정영상, 조재도를 만났고 또 봉천동 자취방의 동거인인 허정, 김성균, 김학용과 자취방 수배자 유광해, 나그네 박찬익 같은 대전고 동문들을 꾸러미로 접하기도 한다.

그 공학 수재팀과의 자취 생활도 이색 경험이다.

그의 아내 김정화와 셋이서 술을 마시던 주공아파트 새벽 세 시, 황재학과 나는 서울 행 택시를 잡아타고 봉천동 서울공대 박사팀 자취방에 단숨에 날아가기도 했다. 신새벽 자취방 옆구리 걷어차자 후배인 허정 교수는 우리에게 오리 고기와 소주 댓병을 밀어주고 출근했고 그때부터 황재학은 금속학도 김성균과 아랫목에서 해장 술타령을 벌였다.

그들은 노벨상을 꿈꾸는 과학 수재였지만 초딩 체질의 장난으로 희희락락하는 수준 이하의 행태를 보여주곤 했다. 양복 등허리에 '바보'라고 써 붙인 채 출근시키거나, 거리에서 후닥탁 바지를 벗기는 60년대 악동 유형의 장난이다. 또 있다. 쓰레기를 모아서 반지르르하게 포장한 다음 신호등 복판에 살짝 올려놓고 한참을 기다리다가 어느 행인이 두리번두리번 눈치 보다가 몰래 주워가는 짜릿함을 맛보며 우히히히 도망치는 것이다.

나는 타고난 '길치'였는데 어느 퇴근길 골목에서 또 자취방을 잊어버렸다. 우물쭈물 헤매다가 자취방에,

'우리 집이 어딘지 못 찾겠어.'

전화를 걸어 길 안내를 받았고 그러고도 제대로 찾지 못해 15분가

량 헤매다가 자취방 문을 열었다. 아무도 없었다. 그리고 무심히 가방을 내려놓는데 책상 아래에서 갑자기 '아우웅' 소리와 함께 두 공학도가 일어서는 것이다. 그리고 배꼽을 잡고 웃는다. 그보다 나는 그들이 나를 놀래게 하기 위해 책상 밑에서 15분을 엎드려 있었다는 인내심이 더 안쓰러웠다.

허정과 김성균의 운동권에 얽힌 야화 한 토막.

서릿발 시퍼런 5공화국 절정의 시국. 어느 날 서울대에서 전대협 집회가 열렸었고, 그러거나 말거나 공학도들은 '수은 없는 형광등'이나 '맹물로 가는 자동차'로 인류 행복을 이루기 위해 초읽기 연구에 몰입 중이었다. 그 순간 최루탄 냄새와 함께 다급한 구두 발자국 소리, 그리고 문을 두들기는 목소리가 들렸다.

당시 전대협 의장이던 성균관대 총학생회장 오수진이 쫓기는 사슴처럼 구원을 요청하는 것이다. 그리고 이 공학도 나무꾼들은 정의파 초식동물을 거두어 연구실 천장 뚜껑을 열고 1주일 정도 사다리를 오르내리며 밥 수발을 했단다. 그네들의 운동권 잠수함 태워주기 장면은 1990년대 『말』誌에 짧게 소개되기도 했다. 그 두 공학자들이 황재학의 노래 팬이어서 우리는 때때로 만나 미래에 대한 예단 없이 아예 젖어버리곤 한다.

사람들은 언제나 그럴듯한 의미를 만들지. 오, 내버려 둬 모든 인생이 장미밭처럼 화려하지 않잖아. 궁금해 하지 마. 살아 있는 것에 감사해. 이제 모든 의미를 기억에서 지워버려. 오, 사랑하는 여인이 언제나 아름다운 것은 아니잖아. 만일 시간이 주어진다면 자서전을 쓰고 싶어. '세상의 모든 사람을 사랑하였으나 단 한 사람으로부터 사랑받지 못했다.'고

—그의 시, 「자서전」 부분

그는 음악인 핏줄을 받아 열세 살 때부터 기타를 쳤고 곧바로 노래 선수가 되어버렸다. 중학교 때 포크송을 통달했고 박인희, 이필원의 '뚜아에 무아'나 '라나의 로스포' 류의 모창을 벗어나는 체화된 목소리를 생산하였다. 고등학교 때는 뚜엣을 만들어 하마터면 정식 노래꾼으로 입문할 뻔하기도 했다. 찬송가도 부르고 가곡도 애용했지만 양희은과 김민기와 한대수의 노래를 가장 많이 토로했으니 아마도 록가수 쪽에 가까웠던 것 같다.

대학 시절 대전 홍도동 자취방에서 그가 기타를 치며 '찔레꽃'이나 '기지촌'을 부르면 내 여동생 강병선이나 습작 시인 이재무는 기타 줄 여운이 멈추고도 한참동안 숨을 쉴 수가 없었다. 지금도 그가 노래방 마이크를 무데뽀 점령하고 기차 화통을 터뜨리는데도 정작 청중들은 새처럼 웅크린 채 애간장을 녹이는 것이다. 꽃이 아름다워 울음을 터뜨리는 것은 시인의 감성이지만 그 뿌리털 생명력을 끌어올리는 것은 시인의 직관이요, 소명이다.

내일 따위는 개나 물어 가라지. 목로에는 그날도 돼지 비계 굽는 냄새 위로 비가 찔끔찔끔 내리고. 오늘도 일자리 없어 공친 사람들 잡담을 주고받으며 주인의 눈치를 살피고 있지. 이런 날 낮술이라도 한잔

하지 않으면 인생은 쓸 데 없는 거라네. 괜히 동정하는 척 하지 말게나. 누구에게나 쥐뿔 같은 자존심은 있지. 이젠 절망도 내 형제라네. 자, 모두들 한 잔 들지. 미래의 분노를 위하여.

—그의 시, 「톰 웨이츠」부분

톰 에이츠는 누구인가. 프랑크자파 갭틴 비프하프와 함께 가장 다양한 곡을 믹스해서 풍로처럼 돌리는 진짜 가수가 분명하다. 비 맞은 개는 또 누구인가. 소외됨의 실체인 신용불량자, 용역깡패, 시인, 노숙자, 해고자와 외판원 그리고 전쟁터에서 식량을 찾아 헤매는 소녀의 모습이 스크린에 합쳐진다. 그들이 자신을 '거리를 헤매는 비 맞은 개'로 노래하지만 때로는 그런 체념조차 고통스럽다. 아무리 음율의 방어막을 쳐도 노동의 하루가 너무 길다.

또 망자 윤중호가 앞을 막는다.

황재학의 무한 성대를 감당할 만한 가객으로는 윤중호가 유일했다. 황재학이 우렁찬 성악가라면 윤중호는 저잣거리 각설이패다. 그들은 무예의 고수처럼 서로 상대의 약점을 건드리지 않았지만 적어도 젓가락 장단에서만큼은 윤중호가 한 수 위였다. 놀이판 끝물에서 황재학이 기염을 토하듯 김민기의 '강변에서'나 신경림의 '돌아가리라'로 요동을 치면 마지막으로 윤중호가 등장하여 '흑인영가'나 '빈산'으로 휘날레를 장식했던 것 같다. 그래서일까. 벗들은 윤중호의 카리스마 속으로 수시로 투항했다.

기쁜 우리 젊은 날 그리고 비 오는 밤이었던가.

논산에 놀러온 윤중호를 끌고 나는 황재학이 숙직 중이던 기민중학교에 놀러갔다. 그때만 해도 학교 아저씨와 교사가 짝을 지어 두 명씩 숙직을 하던 시대인지라 우리는 황재학을 무데뽀로 끌고 나왔고 관촉사 가는 구멍가게에서 생두부와 막걸리를 마셨고 비 오는 밤길을 노래 부르며 새도록 걸었다. 노래 선수 틈에 끼어 귀곡성을 내면서 문득 내 노래 실력이 쬐끔씩 늘어간다는 느낌을 받기도 했다.

교통사고로 세상을 떠난 그의 친형 황명학 선배도 딱 한 번 합석했었다.

명학 선배는 술꾼 서넛 정도는 거뜬히 평정할 주선(酒仙)의 경지였지만 마땅한 술친구가 없었다. 기독교 학교에서 근무했던 그는 퇴근길에 자전거 페달로 30분쯤 이동하여 부창동 쎈뿔여고 앞 '맛나집'에서 '나홀로 막걸리' 시간을 가지곤 했다. 우리들은 손을 흔들며 눈인사를 했지만 합석의 기억은 없고 그냥 술청 건너편 알전구에 비친 고독의 흔적을 재빨리 읽고 지나쳤던 것 같다.

해직교사 시절 어느 날.

명학이 형은—지금은 도혁이 형네 형수가 된—김효영, 윤중호와 늦은 밤 선술집 음주가무의 시간을 가졌다. 윤중호는 곱사춤을 추었고 나는 밀리지 않기 위해 귀곡성을 내뿜었는데 명학이 형은 굵직한 인상답지 않게 수줍게 눈꼬리를 내리깔았다. 나중에는 주인장까지 신이 나서 젓가락을 두들겼던 망중한의 밤이었던가. 아, 흘러간 추억은 모두가 아름답다.

유월의 보리밭이나 겨울 포구의 갈매기
아니면 사랑하는 사람의 뜨거운 헤어짐이나 연상하면서

아, 모처럼 아, 하는 한가한 감탄사를 흘려보았지

불빛은 끔먹대며 그림자를 휘젓고

길 따라 게걸음치는 그 사내 가슴 가까이 가까이

—졸시, 「해직교사 황재학과 술을 마시며」 부분

이번에는 그의 무용담.

우리들은 삼십 대 해직교사였고 맏선배 이은식을 믿으며 또 도마동 골목길 사또집에서 '부어라, 마셔라, 해결해보자'의 물주 역할을 진행 중이었다. 만취한 황재학이 김지하의 '새'를 카랑카랑 터뜨리는 바람에 이은식 형이 감동의 도가니에 빠졌는데 문제는 '우리끼리만의 감동'이었다는 점이다. 순식간에 옆 테이블 덩치 큰 트럭 기사들과 싸움이 붙었고 불쌍한 강병철만 이리저리 뜯어말리느라 죽상이 되었다. 은식이 형에게 끌려 바깥에 나온 황재학은 그때까지 분이 안 풀려 우산대로 죄 없는 서터를 내리찍었는데 딱 거기까지만 봐줄 만했다. 이번에는 혼자 괴성과 함께 허공을 향해 이단옆차기를 지르는 것이다. 그리고 나는 보았다. 그의 몸이 돌고래처럼 허공에 일직선으로 떠 있는 모습과 1초 후 그 자세 그대로 바닥에 추락하는 딱한 몰골을.

그는 취할 때마다 일단 '무엇을 위한 문학인가'라는 주제로 좌충우돌의 첫 단추를 끌렀다. 그러다가 시계 방향 순서로 하나씩 잡고 문학 행위를 분석한다. 이정록 시인의 초짜 시절, 밤 두 시에 전화벨 울려놓고,

"너는 자신을 위해 글을 쓰느냐? 세상을 위해 쓰느냐?"

이정록은 '심야에 맞은 싸대기'라며 소주잔 박치기로 화답했다. 시

인 조재도건 평론가 임우기, 박수연이건 망자 윤중호건 시인 최은숙이
건 닥치는 대로 공략의 틈 찾기에 몰두하면서 난감한 야사를 번갈아
제공했다.

그의 표창을 받아내는 포즈도 저마다 달랐다. 임우기는 바리톤 음
성으로 푸하하 웃으며 물 컵에 쏘주를 따라주었고 최은숙은 '역시 샤
프하시네요' 편하게 넘겨주었고 이정록은 엉뚱하게 강병철을 끌어당겨
'성님, 바턴 터치요' 교대 바통을 넘기는 바람에 내가 재빨리 '황' 앞에
서 재롱 잔치를 벌여야 했다. 벗들은 황재학의 술자리 문장이 후덕해
지길 요구하기도 하지만 이미 과속이 붙었으니 넘치는 에너지를 조마
조마 관망할 수밖에 없다.

세월이 쏜살같이 흘렀고, 반백의 턱수염을 트레이드마크로 변형시
킨 그는 요즘 수시로 호남선을 탄다. 현재 그의 거주지인 엄사역에서
호남선 열차를 타고 익산과 목포를 번갈아가면서 '늙은 새 벗'들을 만
나는 것이다.

남행열차 동반자의 효시는 원광대 심호택 교수부터다. 그들은 작가
회의 주최 신동엽 추모제에서 조우하여 술잔을 돌렸고 이후 '황'과 '심'
은 충청도와 전라도 텃밭을 오가면서 우정을 쌓았다. 덕분에 나도 몇
차례 합석했고 나중에는 그들의 관계보다 더 돈독해졌다.

아들 강등현이 그 대학 의대에 입학한 직후 호택이 형의 밥상에 내
아내까지 합석하여 삼겹살 대접을 받았다. 내가 술값을 낼까봐 호택
이 형이 먼저,

"강 형, 이따가 또 촌스럽게 티격태격하면 안 되는 거요."

우리 가족 세 명의 저녁 식비를 굳혀주었던 정 많은 선배 심호택 시

인도 세상을 떠났다. 전날 그는 동 직원인 원광대 젊은 모 교수의 장례식장 문상객으로 참여했단다. 그리고 침통하게 소주잔도 기울였다는데, 돌아가는 샛길에서 불의의 사고를 만나 그 장례식장 망자로 되돌아온 것이다. 흔히 말하는 '얼굴에는 상처 하나 없이' 깨끗한 표정으로 세상을 떠났다. 아아, 목이 멘다. 술자리에서 내가,

"어떻게 운전하실 거요?"

물을 때마다 심호택 선배는,

"이 동네 20년 유지인데 몸 간수 하나 못 하겠소. 샛길도 알고 검문소 소장도 내 후배요."

그렇게 운전대 잡던 목소리를 떠올리며, 황재학과 나는 상갓집에서 날밤을 새웠다.

　귀때기 얼어붙은 겨울 아침 마당 한쪽에 땔나무를 부리던 아저씨의 푹 패인 볼가와 제멋대로 자란 수염 사이로 보이는 두툼하고 검붉은 입술. 커다란 두 눈을 꿈먹거리며 연신 뿌우연 김을 내뿜는 당나귀의 둥 그렇게 뚫린 코와 약간은 벌어진 주둥이와 삐쭉이 내밀은 두 귀가 왠지 쓸쓸하게 느껴지는 것은 금방이라도 눈이 쏟아질 것 같은 하늘 때문일 것이다.

　　　　　　　　　　　　　　　　　　—그의 시, 「겨울 아침」 부분

'황'은 교단의 마지막 정년퇴임까지 갈 것 같다.

동기생들이 관료를 선택할 때 평교사의 길을 고수하며 술과 시와 노래를 부를 것이다. 우리들의 칠판 시대는 고뇌와 질곡의 연속이었지만

우렁각시처럼 살림도구를 챙겨주었고 벗과 통장과 연륜을 부풀려주었다. 이미 폭풍을 경험했으므로 작은 햇살의 소중함도 깊이 느낀다.

> 그러면 그 중 어느 하나의 돌 밑에서
> 물살에 투명한 몸을 맡기고 가만히 흔들리고 있는
> 아, 당신은 거기에 그렇게 있습니다
>
> ─그의 시, 「당신의 물가에서」 부분

관념과 현실이 바늘 끝으로 일치하는 섬뜩함.

사내는 물속의 분신을 찾는 중이다. 상류에서 밀려오던 모래가 쌓이면서 수심이 점차 얕아져가던 그해 여름 물가에서다. 마침내 물풀을 헤치며 질기게 쫓아다니던 지느러미 당신을 발견한다. 돌멩이를 들어올리면 꼭 그만큼의 흙탕물이 바닥을 가렸고 그 사이에 물고기를 지느러미 떨치며 도망쳤을 거라고 일찌감치 마음을 비웠다. 그래도 숨을 조이며 흙탕물이 빠져나가기를 천천히 기다린다. 뿌옇던 오수가 가라앉으면서 마침내 맑은 물속에 그 자세 그대로 남아있던 송사리 등줄기를 고스란히 만난다. 아찔하다. 앙금 직후 재빨리 '당신'을 잡아낸 것이다.

계룡산 가는 길 동학사 조금 못 미처 학봉리 버스정류장 수정슈퍼 앞 평상에 젊었을 때부터 약으로 산다는 눈꼬리가 귓불까지 내려와 보살 같은 가게 주인 할머니와 어릴 적부터 이적까지 병원 한 번 가본 적 없다는 입가에 주름도 별로 없고 대전에서 이사 온 지 일 년 정도 된다는 할머니가 사이좋게 앉아 꽃망을 오무려뜨리고 떨어지는 분꽃을 바라보고 있습니다. 산자락 넘어가던 햇님도 눈시울 붉혔습니다. 밤이 오려면 아직 조금은 남았습니다.

—「학봉리」

그는 아내와 대학생이 된 아들, 딸까지 네 식구가 살아가고 있다.

아들 황은권은 미루나무처럼 쭉쭉 커서 어느새 국기봉 스타일의 운동권 대학생이 되어 있고 딸 은비는 고고미술학을 공부하는 새내기 대학생이므로 기실 세 집 살림을 하는 셈이다. 그리고 그는 신새벽마다 조깅을 마치고 주방에서 감자나 두부를 썰어 찌개를 끓인 다음 아내를 깨운다. 미래의 '신앙 공동체'를 꿈꾸며 쓸고 닦고 만나는 실습 중이다. 그러나 모든 근면의 자세가 벗들을 만나면서 깡그리 깨진다. '이후 모든 것 생각 안 하기'로 작정하고 신발끈 조이며 음주 자세에 돌입하면, 나는 바싹 긴장 모드에 빠진다. 그렇게 37년 세월을 만났다.

객석에서 그를 보며,
김지철

김지철은 오리지널 평교사 체질이다.

담임을 맡은 기간만 18년 7개월이니 그가 교단에 있던 모든 세월 내내 담탱이 훈장을 맡은 셈이다. 만약 그가 젊은 날의 각오대로 평교사의 길을 걸었더라면 40년 넘도록 담임반만 맡다가 딸깍발이 늙은 훈장으로 정년퇴임을 했을 것이다. 달마다 학급신문을 발간했고 주마다 가정 방문을 했고 날마다 상담에 임하더라고, 천안북중 옆자리에서 근무했던 시인 최은숙 선생이 회고했다.

1989년 충남지부장 1호 출발과 동시에 전교조 구속교사 1호로 변신했던 열혈 사내, 그가 학교 현장에 복귀하자마자 온순하고 섬세한 담임의 모습으로 변신하더란다. 날마다 아이들을 면담하고 주마다 학급 신문을 만들었다. 촌지는 무조건 반송시켰고 아이들에게 쌀과 등록금과 책가방을 사 주던 초임 시절의 연장이다.

35년 후 그는 환갑잔치만 20여 차례 치렀다.

잠시나마 뜸했던 제자들의 행렬이 줄줄이 사당으로 민망하게 이어졌다. 태안에서 천안까지 찾아온 옛 제자들이 기수 별로 소주잔을 내밀며 초로의 안부를 보여줬으니 담임 노릇을 제대로 한 셈일까. 양복쟁이 신사와 작업복 사내들, 뾰족구두 중년의 여인들과 운동화 차림의 젊은 아가씨들이 차례로 큰절을 했다. 중장비 다루는 제자가 포클레인 굉음으로 쿵, 쿵, 쿵 근육질 안부를 건넸고, 분식집 제자가 허리 숙이자 쏟아지던 머리칼 사이에서 하얀 밀가루가 좌르르 내려앉기도 했다. 마찬가지다. 교사와 관료가 된 제자, 공무원과 노동자, 농부가 된 기십 년 전 꿈나무들이 첩첩으로 몰려와 웃는 제자 헹가래 쳐주고 우는 제자 껴안아주는 불콰한 잔치판을 벌였다.

그와 나는 수십 년 참교육 마크를 달고 살았지만 허리띠 풀어놓고 일대일 탁배기잔 걸친 기억이 많지는 않다. 주로 열 명 이상이 섞인 자리에서 주거니 받거니 한 기억이 수십 차례 떠오를 뿐이다. 그는 만상주의 자격으로 마이크를 잡았고 나는 기계적으로 박수를 치거나 몽기작몽기작 술잔을 건네며 초로의 세월을 보냈다.

언제부터였나. 나는 객석의 장삼이사에 묻혀 사는 것에 익숙해졌다. 사람 앞에 나타나기를 꺼렸고 특히 품격 있는 포즈들을 만나면 재빨리 선을 그었다. 그와의 관계도 마찬가지다. 그가 무대의 중심에 서면 나는 객석에서 경청하다가 과장되게 크게 박수를 치거나 끄떡끄떡 졸기도 했다. 그러나 가끔 기십 명가량의 회식 자리에서 정중하게 술잔을 채워주다가 그의 몸에서 쏟아지는 식물성 향기를 기억하기도 했다. (나는 슬쩍하게 안부를 묻는 대신 체취 하나까지 오래도록 기억하는 특이 체질이다.)

나의 교단도 그렇게 체취부터 감동이었으니,

우선 첫 부임지가 아름다웠다. 발령장 들고 교문에 들어서자 하얀 앞치마 두른 소도시 여고생들이 차임벨 소리 따라 청소를 마치고 계단을 타더니 어디론가 사라지는 것이다. '쨍그랑쨍그랑' 웃음소리가 잦아진 자리로 2월의 햇살이 고즈넉이 쏟아지는 중이었다. 나는 설레는 가슴을 누르며 '아이들을 위해서라면 머리카락 뽑아 신발도 삼으리라' 각오를 다졌다.

1985년 5공화국의 절정 즈음까지 나는 여고의 총각 선생이었고 문학청년이었고, 언젠가 학교를 세우겠다는 가슴 뜨거운 청년이었다. 반달곰 친구에게 교장 시키고 더벅머리 벗에게 국어 선생을 맡기고 나는 청소하는 할아버지가 되어 판자때기 못 뽑으며 아이들에게 옛날이야기 들려주려 했다. 그렇게 허공에 뜬 채 행복하려 했고 또 실제로 영원히 행복할 것 같았다. 발자크와 루카치를 읽고 안데르센과 고리끼를 꿈꾸고 흥부네 가족이나 권정생처럼 살아가리라, 톨스토이나 바스콘셀로스 같은 글을 쓰리라, 어금니 갈면서 백만장자의 꿈을 꾸었다.

5공화국 신군부 정권 어둠의 시대.

우리들은 '민중교육 필화사건'으로 철퇴를 맞았고 매스컴의 주목을 받는 요주의 인물이 되었다. 그 필화 사건은 서울의 젊은 교사들인 '오월시' 동인과 대전권의 '삶의 문학' 동인들 중 교사들이 주축이 되어 만든 교육 잡지였는데 그게 졸지에 불온서적이 된 것이다. 충청도에서는 송대헌, 조재도, 전인순, 황재학, 전무용, 류도혁 같은 학구파 스승들이 학교를 떠나게 되었다. 제도언론은 철창에 갇힌 젊은 스승을 '뿔 달린 괴물'로 둔갑시켰지만 우리들 모두 아이들을 스승으로 받들겠다는 맑은 영혼이었을 뿐이다. 그런데 참으로 이상한 일이다. TV에 등장한 빨간 펜들이 수상한 동네 인물인 줄만 알았는데 어느 날 갑자기 내 모습이 브라운관에 나타나다니.

사실 부끄러운 고백이지만, 내가 쓴 글은 80매짜리 단편소설 「비늘눈」 한 편일 뿐이다 1985년 8월 12일 조선일보 기사를 그대로 인용하면, '지방대 출신의 청년이 사립학교에 임용하려다가 금품을 요구하는 재단 측에 회의를 품고 집에 돌아옴.'

이게 해직 사유의 전부다. 이 문장이 허위사실 유포로 변신했고 사회혼란을 야기시켜 적을 이롭게 만드는 이적 행위가 된다. 벗들의 징계 문서에 적힌 해직 사유 역시 빵틀에서 찍힌 것처럼 똑같다. 쫓겨났으니까 '나쁜 피'가 되었고 그러니까 학교 근방에 그림자조차 내밀지 말란다. 내가 나타나면 아이들이 슬퍼하고 아이들이 슬퍼하면 학교 분위기가 우울해져서 학력이 저하된다나, 어쩐다나. 어쨌든 그 필화 사건 이후 내 품성도 바뀌면서, 역사가 과거와 현재 그리고 미래로 확연하게 구분되던 시점이다.

가장 먼저 찾아온 사람은 이순덕 선생님이다.

1985년 그해 늦가을 대전체육고 교사로 재직 중 스스로 찾아오신 선생님은 첫눈에도 '씩씩한 여전사' 스타일이었다. 5공화국 폭정에 주눅 든 사람들 모두 오금 저릴 때 그미가 앞장서서 복직 서명 작업을 추진했고 저물녘엔 소주잔도 나누었다. 헤어지기 직전에 주먹을 불끈 쥐며,

"강 선생님, 힘내세요."

그렇게 사람을 견디게 만들어주는 뜨거운 체질인 줄만 알았다.

이순덕 선생님 1주년 추도식에 부칩니다

매듭을 엮었다 우리들만은 끝까지 지켜서
사랑으로 뿌리를 내리자며 손을 모았다 그러나
용서치 말아다오
우리가 지은 죄를 제발 용서하지 말아다오
아직도 숨겨주는 우리들 부끄러움을
송두리째 보여다오
살아있는 생명들이 진한 눈물로 헤치고 일어나
참 기쁨으로 이름자를 부를 수 있을 때까지
지켜봐다오 아랫녘을 지켜보다가
지칠 때마다 햇살 한 줌씩 목덜미에 올려놔다오
그대, 아끼는 무엇 때문에 하늘만 떠도는데
우리가 끝까지 움켜진 것은 과연 무엇인가
　　　　　　　　—졸시, 「다시 겨울 하늘 아래에 서서」 부분

　1년 후 그미가 학교를 쫓겨나서 나를 놀라게 하더니, 다시 6개월 뒤에 아, 하느님의 부르심을 받을 줄은 진짜 꿈에도 몰랐다.
　세상을 뜨기 직전 나는 최교진 선배 등과 함께 그미의 집을 방문했다. 얘기는 들었지만 제대로 실감하지 못한 채 조급히 방 안에 들어갔는데 이순덕 선생님은 보이지 않고 어떤 할머니 한 분만이 이부자리에 앉아 기침을 하시며 손수건으로 닦고 계셨다. 그래서 장판만 만지며 우물쭈물하는데… 바로 그 할머니가 아 — 이순덕 선생님이었던 것이다. 몸무게가 절반으로 줄었고 머리카락이 듬성듬성 빠진 그 할머니가 여전사 이순덕 선생님이라니… 불과 몇 달 사이에 선생님에게만 몇십 년의 세월이 흐른 것이다.

아무 말도 할 수 없었다. 그미가 던져준 '선생님 힘내세요'도 되돌려줄 수 없었다, '하느님은 우리들에게 견딜 만한 시련만 주신다'는 말은 모두 새빨간 거짓말이었다.

그리고 착한 사내 김지철.

그를 만난 건 1986년 이후 대전시 은행동 풍년갈비 맞은편 빈들교회 지하에 차린 '민주교육실천협의회' 사무실일 것이다. 최교진, 송대헌이 주축이 된 그 사무실에 그 당시 현직 교사이던 이우경, 임병조, 정양희, 배현준, 서미원 등이 방문하곤 했는데 간혹 그의 모습도 보였던 것 같다. 진보 성향 현직교사 중 가장 연장자였던 그가 30대 후반쯤 되었으니 혈기충천 나이에서 쬐끔은 기우는 시점이다. 그들은 우리 해직교사에게 국밥과 치킨을 시켜주기도 했는데, 그는 밤 마실 가듯 슬며시 오가며, 달콤하진 않지만 편안한 표정을 보여주었다. 당시 민교협 간사이던 미발령 교사 박명순은(나중에 내 아내가 됨) 그의 수줍은 표정을 오래도록 기억하면서, 책을 들면 딸깍발이 선비가 분명한데, 지게를 지면 간척지 농부요, 칠판 앞에 서면 범생이 훈장의 몸이라고 술회하였다. 언제부터였나. 그의 반경이 넓어지고, 그가 자리의 중심이 되기 시작한 건.

5공화국 해직교사였던 우리들의 외로움에서 비롯된다.

집회장의 충만된 열기가 귀갓길 문고리 앞에 서는 순간 찬바람으로 쉥 변신하는 것이다. 그러면서 해직교사가 아닌 현장의 누군가 한 명 정도가 어른처럼 자리 잡고 날 선 조직을 여유롭게 이끌어주길 진심으로 바랐다. 이 음험한 시국을 품을 수 있는 너그럽고 넉넉한 품성이 필요한 것이다. 그렇게 30대 후반의 연배로 묵묵히 조직을 점검해주는 품격 있는 스승을 찾던 중, 슬며시 나타난 사내가 바로 김지철이다.

그는 아직 시국과 정면대결의 캐리어가 없는 그저 후덕하고 의식 있는 중견교사였을 뿐이다. 해변에서 그림 그리는 영어교사이면서 철학과 문학, 음악까지 두루 드나드는 박식한 낭만파이기도 했다. 두 달치 월급을 털어 '별표 전축'을 구입해 브로딘, 글린카, 시벨리우스를 아이들에게 들려주던 순정파 사내였는데, 특히 그림에 대한 열정이 가장 강했다.

그의 부친과 딸까지 화폭 채우기를 행복으로 삼았으니 그게 집안 내력이리라. 태안반도의 젊은 교사 시절, 그는 틈만 나면 스케치북과 이젤을 들고 바닷가로 나갔다. 백사장과 해당화 언덕길 그리고 원산도 수평선과 낙조가 아름다웠다. 발걸음 움직이는 대로 온통 그림의 소재가 출렁이는 것이다. 성큼성큼 발길 옮길 때마다 바닷가 소녀들이 촐랑촐랑 따라다니며 하얀 이빨을 드러내곤 했으니, 그때가 그의 인생 중 가장 여유로웠던 황금기였던 것 같다. 가끔은 파도와 낮달, 방파제와 모래알들을 식빵처럼 그려서 아이들의 공복을 채워주고 싶다는 생각도 했을 것이다. 그러다가 그물망을 건지는 할머니들의 손등에 흐르는 핏방울을 보면서 '울컥' 그림 작업을 끊는다. 불현듯 전태일이 떠오르면서 더 이상 한갓진 예술성에 취할 수가 없었던 것.

그는 아이들을 주(主)로 섬기는 편집증 훈장이다.

신혼의 주말부부 시절 부인 양현옥 선생님이 근무하는 경북 안동과 그의 학교 충청도 태안반도까지는 버스를 다섯 번 갈아타는 13시간의 장정이었다. 동행 내내 그가 아내에게 말해준 사연은 온통 '교무수첩 속의 꾸러기' 이야기일 뿐이다. 좌우지간 밥 먹는 시간만 빼놓고 온종일 꾸러기들 이야기만 풀어놓아도 여자가 질리지 않았다니 천생연분이다. 웃음과 근심의 혼재인 교무수첩 같은 일기장은 초겨울 서릿발을 눈썹에 붙인 채 등교하는 갯마을 아이들의 풍경이다.

오토바이를 훔친 아이, 치마를 내리며 쪼그려뛰기 하는 소녀, 정다산과 강증산의 혼재인 총기 서린 소년, 수학 천재와 구구단을 모르는 열일곱 소녀, 느티나무 그늘 아래서 담배 연기 피우다 끌려와 무릎 꿇은 사내아이들, 유리창 깨뜨리고 교실을 뛰쳐나간 사고뭉치…. 교실은 그렇게 '에디슨'과 '몽실언니'와 '성냥팔이 소녀'와 '무장한 흥부'가 미루나무처럼 불쑥불쑥 크는 중이었다.

결손 장애가정에서 자란 '우등생 콩쥐' 이야기도 아리고 쓰리다. 악동 사내들이 식순이라고 놀려도 묵묵히 책만 보던 사춘기 콩쥐는 방학이 되면 다시 돈을 벌기 위해 서울로 식모살이를 떠났었다. 아무리 땀 흘려도 부자가 될 수 없음은 진작부터 알았지만 내색이 전혀 없었다. 마침내 지방 사립대를 합격하고도 진학을 포기하는 자리에서,

"남들처럼 합격증을 받고 한번쯤 웃어보고 싶었을 뿐이에요. 선생님은 걱정 마세요. 세상이 모두 학교잖아요."

졸업 15년 뒤에 고속도로 휴게소 판매대 앞에서 만났을 때 중년의 아낙이 된 그미가 눈물을 펑펑 흘린 이유는 사는 게 힘들어서가 아니라 스승을 만난 감격 때문이다. 그런데도 그는 또 울컥, 눈시울 적신

다. 이대로 살면 안 된다. 이 세상을 위해서 뭔가 몸을 움직여야 한다는 결의가 서는 것이다.

문제는 그 깨알 일기장을 광주항쟁 직후 소각해버린 것이다. 평소 경제학이나 사회학 강사로 활동하던 그를 누군가가 계엄당국에 밀고한 것이다. (아, 1980년 그해는 밀고자가 그리도 많아서 서로가 서로를 믿지 못해야 했다.) 하필 부친의 회갑날 새벽 조사받는데,

"김 선생, 아내가 임신한 걸로 아는데… 푸후후, 오늘 한 번 매달아 족쳐 볼까."

하늘이 무너지는 공포였다. 집 앞에서 서성이는 기관원들을 보며 아내 양현옥 선생은 집에 있던 금서 100여 권을 몰래 친척 집에 옮기고 일기장부터 불태운다. 지하실에 끌고 가 거꾸로 매달고 각목으로 때리고 욕조에 처박던 시절이니 어쩔 수 없었지만 그때 소각된 풀꽃 사연들을 재생할 길이 없으니 분하고 안타까운 일이다.

그리고 강산이 반 바퀴쯤 흐른 세월.

천안의 사회과학서점 '지평서원' 맞은편 '고바우 삼겹살집'이 배경이다. 대학 후배 민경두와 김창태 스승은 한번 잡은 소매를 끈덕지게 놓아주지 않고,

"딱 3개월만 맡아주세요."

충남교사협의회 회장 옹립을 권유하는 난감한 자리다. 맑은 눈 후배들은 질기게 종용하고 착한 선배는 벌겋게 웃는 술자리, 그렇게 삼겹살을 채우던 닷새째 되는 날 마침내 수락한다. 1987년 9월 천안 시온소 교회에서 창립 예정된 충남교사협의회의 초대 회장에 위촉될 참이다. 그는,

'그동안 나는 머리만 채웠을 뿐 실천이 부족했다. 이제 민주교육을 실천하는 후배들을 위해 몸을 던져야 할 시점이 온 것이다.'

결심을 굳힌 다음 아버지를 찾아간다.

어머니가 서울 백병원에 입원한 상태였으므로 평교사인 아버지 혼자 거주하실 때이다. 그래서 틈나는 대로 부친네 식사 당번과 설거지까지 감당해서 더 바빠야 했다. 천안 사내인 그는 학교가 끝나자마자 서울 병원까지 가서 어머니를 수발하며 휠체어에서 눈을 붙인 다음 새벽 여섯 시 차를 잡아 천안 그 학교에 출근해 7시 50분 보충수업을 맞췄으니, 설거지 정도는 새새틈틈 작업의 연장이다. 그런데 오늘은 왠지 아들의 얼굴이 심각해 보인다. 겸상으로 마주앉은 부친이 갸우뚱하며,

"할 말이 있는 것 같구나."

조심스럽게 먼저 빗장을 연다.

"아버님, 제가 충남교사협의회 회장을 맡기로 했습니다. 모임에 나선 선생님들이 대부분 젊은 교사들이라 중견 교사가 필요한데 선배인 제가 일단 첫 총대를 지기로 약속했습니다. 딱 3개월만 맡고 교단에 돌아와 다시 평범한 교사가 되어 아이들만 열심히 가르치겠습니다."

아들 스승의 굳은 표정을 보며 아버지 스승의 얼굴로 만감이 교차한다.

'내 아들이 따뜻한 구들장을 버리고 난세의 벼랑에 서는구나.'

부친의 시국에는 난세가 아닌 해가 없었다. 지난 식민지 세월과 해방 공간, 유신과 광주항쟁… 해마다 난세였고 그때마다 모난 돌들이 번번이 정을 맞았다. 하필 4·19 교원노조였던 옛 벗들이 떠올랐을까. 딱 한 차례의 외침 이후 학교를 쫓겨난 그들은 수감자의 몸이 되었다가 막노

176

동이나 책 외판을 하다가 외롭게 세상을 떠나기도 했다. 그러나 이미 아들의 결의를 꺾을 수 없음을 알고 있으므로 한마디만 남긴다.

"네 뜻대로 해라. 그러나 너는 3개월 뒤에 절대로 돌아오지 못한다."

부친의 예측대로 그는 돌아올 수 없는 다리를 건넜고 그 다리를 불태워버렸다.

1987년 1월 3일.

이순덕 선생님을 묻고 돌아오던 날, 동지를 보내고 오는 저물녘은 참담함의 극치였다. 대전시 대흥동 성당 먹자골목 '조방낙지' 저녁 회합 때 그가 슬픈 표정으로 옆에 앉았다. 식탁 위로 소주병이 점차 늘어나면서 침통한 분위기가 더욱 젖었다. '미운 사람은 계속 미워할 거야' 꺼이꺼이 우는 벗을 달랜답시고 나는 촛불을 보며,

"이 촛불이 우리들의 가슴처럼 타오르네요."

썰렁 문장을 던졌는데, 바로 옆자리의 김지철이 4H 회원처럼 진지한 표정으로 끄떡거려서 민망했던 것 같다.

그러거나 말거나 술병은 자꾸만 쌓여갔고 점차 무더기로 취하더니 급기야 후엉후엉 우는 벗, 책상을 두들기거나 고래고래 소리 지르는 벗들로 얼크러지기 시작했다. 마침내 드잡이판이 되었고 술상이 엎어졌다. 여기저기 뜯어 말리고 달래고 우는 엉망진창 판을, 그가 가운데로 등장하여 이차구차 판세를 정리한 다음,

"이 자리에서 강병철 선생님과 전인순 선생님께 가장 미안합니다."

전인순 선생과 나는 그쪽 교사들과 출신 대학이 달랐기 때문에 던져준 말인데 그 한 마디가 나를 인정해주는 것 같아 오래도록 민망했다.

가로등 너머 담벼락에 비춰진 그의 그림자가 가장 커다랗게 보였던 날이다. 그리고 불과 1년 반 뒤에 그가 전교조 1호로 구속되어 영어(囹圄)의 몸이 되었으니, 사람의 운명이란 이토록 아프고 드라마틱하다.

나의 복직 직후 그는 첫 번째로 투옥되었고,

'파면 철회 김지철 선생님 이우경 선생님'

현장의 우리들은 그렇게 교무실 책꽂이에 붙이고 단식수업에 돌입했다. 나도 김홍정 선생, 박종건 선생과 함께 단식을 하며 서명을 받고 가두 작업을 나갔다. 면 단위 학교 열아홉 명의 교직원은 파면 철회 서명지를 내밀 때마다 한결같이,

"파면은 함부로 말하는 게 아니지."

어금니 깨물며 이름자를 동참시켜서, 하마 우리들이 열심히 정성만 모으면 누구든지 가슴을 활짝 열어줄 줄 알았다. 노태우 정부가 전교조 교사를 모두 자르겠다고 했을 때 '헛헛헛, 으름장두' 하며 웃었던 건 인간 본성의 성선설을 믿었기 때문이다. 그런데 집회를 막기 위해 교장님들이 새벽부터 길목을 지키는 슬픈 코미디 직후, 뭔가 목을 조이는 느낌이 수상하긴 했다.

'몇 천 명의 목을 진짜로 자를 수 있을까?'

내가 마지막까지 '설마…' 하고 의심했던 것이 현실로 드러났고 전국적으로 1500여명이 해직되는 믿을 수 없는 사태가 터진 것이다.

충남에서도 당장 김지철, 최교진, 이우경, 고재순 선생님 등이 철창에 끌려갔고 벗 전인순, 이인호, 박경희, 현종갑, 고충환, 김대열, 장진원, 김창태, 김억환, 홍성희, 황금성, 길준용, 연재흠, 장지병, 황성선, 이영래, 정양희, 김성수, 김인규, 김억한, 임병조 등 50여 명이 단두대

에 목을 우르르 넣었다. 3년 8개월 만에 복직한 나는 울멍울멍 가슴을 쓰다듬으며 술을 마시고 글을 썼지만 출옥 후 그는 지역 순회로 강연을 했고, 나는 생존의 부끄러움으로 얼굴을 들 수 없었다.

해직교사 시절 나를 볼 때마다 미안해하던 그들과 처지가 뒤바뀐 것이다. 공주 백락다실 3층에서 만난 그의 표정은 훨씬 밝아졌고 확신에 차 있었다. '시대의 아픔을 교사의 기쁨'으로 재해석하는 그는 그렇게 거듭난 몸으로 돌아왔다.

"학교를 쫓겨나서 어떻게 살지요?"

먼발치에서 손바닥만 비비다 보면 문득 아픔을 먹고 성장한 느티나무가 팔을 벌려주는 것이다. 커다랗게 팔을 내려 그늘을 만드는 느티나무 아래에서 벗들은 다리를 뻗고 고구마를 깎거나 부은 발등 식히는 중이다. 그릇된 가르침은 인간을 부려먹는 데 쓰이고 올바른 가르침은 사람을 섬기는 데 쓰인다며, 침 발라 책장 넘기고.

그렇게 시국을 논하며 가슴을 싸매는데 그가 바짓가랑이를 잡아당겼다. 술잔을 권하며 「내가 두고 떠나온 아이들에게」에 실린 내 글에서 '아이들의 쨍그랑쨍그랑거리는 웃음소리'란 문장을 재생시켜서 나를 뭉클하게 했다. 그랬다. 교정에서 울리는 질풍노도들의 웃음소리 '쨍그랑쨍그랑'이란 의성어가 반짝반짝 빛을 내는 것이다. 나는 오랫동안 '청각의 시각화' 그 환청에서 헤어나지 못했다.

그가 '눈발을 헤치고 달려오는 산타'의 모습으로 등장하거나 그냥 골목길 좌판에서 '옛날이야기 잘하는 할아버지'로 나타나던 그 후로도 오랫동안 나는 객석에만 앉아 있었다. 새롭게 만날 때마다 그의 부풀어진 몸피를 가늠하며 볼펜만 만지작거리다가 이따금 소주 한 잔씩 따라주기도 했다. 그의 건배사, '남을 위해서는 모든 것을, 나를 위해서는 아무것도'. 그 문장을 되새기기도 하면서… 피도 눈물도 없는 세월이 흘렀고 아이들은 포플러처럼 불쑥불쑥 커갔고 자본주의는 불안을 먹으면서 성장을 거듭했다. 우리들은 등이 굽고 머리카락에 서리가 내리고 몸이 쇠해졌다. 모두가 급해졌다. 스마트폰이 물에 빠지면 영혼이 빠진 듯 절망하고 빨간 신호등 앞에서도 클락숀 빵빵 누르는 시국이 쏜살같이 흐르는 중이다.

마지막으로, 대천 임해수련원에서 가졌던 가족 모임 날의 삽화 한 장. 아침 구내식당에서 아내와 딸을 동행한 그를 우연히 조우했다. 나는 딸내미 손을 잡고 잔반을 쏟는 중이었고 그는 식판을 들고 빈 탁자를 찾는 중이었으니 짧은 스냅도 못 되는 찰나로 마주친 것이다. 그의 아내 양현옥 선생님은 해바라기처럼 화사하게 웃었고 음악교사가 된 딸 김수정 선생은 수수꽃다리처럼 휘청 허리를 숙였다. 그의 2세 피붙이가 스승의 길을 걷는다는 소식에 가슴이 짠했지만 더 이상 안부를 묻지 않았다. 그리고 귀갓길 내내 그의 그림자를 떠올리며 가슴 싸맸다.

이제 우리도 인생의 나이로 오후 여섯 시쯤의 시점이다.

옹달진 자리 찾아 씨앗 뿌리는 그를 떠올리며 나는 여전히 글쟁이 교사로 자리매김하는 것이다. 달콤하게 고백하지 못하는 '우리끼리' 운동화 끈 풀어놓고 목로집 막걸리 기울이는 풍경도 아주 가끔 곁눈질하며.

2014년 겨울 그는 충남교육감이 되었으니 공사가 더욱 다망해져서 페이스북에서나 '좋아요' 단골인 절친이 될 뿐이다. 며칠 전인가, 술꾼

인 나의 공간을 찾아 '잔을 똑같이 받고 양은 적게 받으시오' 덕담을 던지기도 했고… 나는 가끔 '평교사 퇴임이 가장 재밌다'며 그에게 자랑하곤 한다.

세상의 아픔,
김충권 목자의 기쁨

쾅쾅쾅 택배 왔어요

누가 뭘 시켰냐며 뜬금없이 받아들였는데

군대 간 재용이가 어버이날이라고

꽃과 함께 내가 좋아하는 한과를

두 상자나 보내왔는데

—「어느 어버이날」 부분

시인 우진용은 소도시 중학교의 국어교사였고, 그날은 학교 축제의 행사로 '가족 노래자랑'을 진행하는 중이었다. 심사위원이던 그니의 눈에 유독 식구가 많았던 가족이 눈에 잡혔다. 단아한 부부와 다섯 자매의 하모니가 무대 조명 사이를 포근하게 살려 가는데, 우 시인은 그 '가지 많은 마누'의 실루엣을 진하게 기억했다가 잠깐 잊어버렸던 것 같다.

그리고 10년쯤 지난 여름, 공주시 신관동 마트 앞 평상에서 나와 합석한 우 시인이 우연히 지나치던 그를 만나 손을 잡았다. 어디서 봤을까, 기억의 공유를 찾다가, 그 다섯 자매가 '피붙이와 정붙이의 합체'였음을 떠올리게 된다. 그 중의 한 명은 내 아내 박명순이 담임선생을 맡기도 했었고.

지금은 모두 청년이 되어, 재용이는 부사관으로 입대했고 정훈이는 귀신 잡는 해병대가 되었으며 신학대를 졸업한 진수는 늦깎이 군악대가 되었다. 기실 재용이는 입영 면제 대상이지만 부사관이 되기 위해 자원입대한 것이다. 임관하는 날 김 목사 부부에게 거수경례를 부쳤고, 어버이날은 카네이션과 한과를 두 상자나 보냈으니, 지난(至難) 속의 감동이랄까, 차돌이 눈물 되게 가슴 시리다.

    5층 아파트 공사장에서 떨어지는데
    갑자기 돌풍이 불어 제자리에 세우고
    3층에서 거꾸로 떨어질 때는
    바지가랑이 끝이 철근에 매달렸다
    지금은 일흔 연세에도 전기 기술자이지만

                              ―「이근직 성도」 부분

그의 공주 정착 직후.

'대한성서공회'의 시인 전무용의 소개로, 하필 나를 만난 것이다. 지하 카페 '캡'에서, '이 세상에서 가장 착한 사내'를 만나는 순간 나는 불안감에 휩싸였다. '맑은 사내'의 눈빛이 왠지 내 껍데기를 빠드름히 꿰뚫는 느낌이 드는 것이다.

'혹시 교회에 나가자고 조르면 어쩌나?'

나는 그런 불안을 숨기고 너털웃음 무심한 표정 지으며, 짝사랑은 하되 빈번한 접촉을 피해야겠다고 마음먹었다.

작가들과의 본격적 조우는 두어 달 후 공주 뒷골목 안연옥 시인이 운영하는 찻집 다예원에서 치렀다. 소설가 한창훈과 시인 이정록의 출판기념회 자리로 사슴 눈 그 사내가 봉고차 몰고 등장했다. 안타까운 건 우리들의 시간과 김 목사의 시간대가 맞지 않는다는 점이다. 작가회의는 주로 토요일 밤 출판기념회로 새벽까지 날을 새는데, 목자인 그는 일요일 새벽 예배를 준비해야 하므로 '완죠니 맛이 간 작가들의 리얼한 현주소'를 체험할 수 없다. 어쨌든 손님으로 등장한 그는 우두커니 주시하다가 작별 즈음 사람들에게 첫 시집 「정자나무」를 나누어주었다. 나는 쉽게 이해되는 시편들을 대충 건너뛰려는데 소설가 한창훈이,

"김 목사, 그 사람 시가 참으로 좋대요."

그렇게 말해서 새롭게 책장을 살피게 되었으니, 그게 진정성의 발현이다.

날 좋으면 낳아준 엄마 길러준 엄마 모두 모시고

등걸나무 모아들이고

무싯날 날 잡아 읍내 이발소엔

혼자라도 다녀올 수 있다

그래도 장정이라고 곧잘

　　굴 내는 방 진흙 이겨 바르고

—「전국동 성도」 부분

　목자의 문장이 장삼이사와 유토피아의 간극을 메우는 중이다. 사람들의 표정을 기록하되 화려한 수사나 장황한 수식어는 절대 사양이다. '남들이 문장을 보여줄 때 그 혼자 가슴을 열어주기' 때문에 일상의 한 컷도 놓칠 수 없다. 따라서 김충권의 만인보는 스타급 이력서가 아닌 민초들의 일기장이다. 세상의 아픔도 '누군가 현관 앞에 몰래 놓고 간 김치통'처럼 포근하게 숙성되는 것이다. 쿠르베의 혁명적으로 거친 화풍도 없고, 고흐의 집요한 광기나 뭉크의 공황장애, 푸코의 분쇄력이나, 알리의 아웃복서 테크닉도 없이 무한대로 시를 생산하는, 그의 고구마 뿌리 같은 꿍꿍이는 과연 무엇인가.

　　홀로 남은 할머니는 날마다

　　술로 밥을 삼고 마실로 소일 삼다가

　　환혁이 얘기만 나오면

　　눈물이 목에 메여 말을 못하고

—「환혁이 할머니」 부분

　수록된 시가 자그마치 300편인데, 펼칠 때마다 안 아픈 손가락이 없다. 열두 살 장애 아들을 위하여 지원금을 요청했다가 '아버지가 살아있어서 안 된다'고 해 감나무에 목을 매는 아버지(빨간 십자가)도 그

중 하나다. 아비가 세상을 떠나자 비로소 장애 아들에게 지원금이 입금되었으니 세상의 모순을 어디까지 보았다고 할 것인가.

수백만 마리의 구제역 소, 돼지가 날마다 눈에 밟히는 이유도 마찬가지이다. 트럭에서 매몰 구덩이로 떨어지는 새끼 밴 돼지 하나는 태아 핏덩이를 끌어안고 구덩이로 쏟아지면서 원초적 비명의 참담함을 드러낸다. '내 뼈 내놔라, 내 살 파묻지 마라.' 아우성치는 즘생의 울음을 어떻게 고스란히 견뎌야 하는가. 그런데 이상하다. '아픔'이란 단어 속성상 활자화되는 순간 공허한 수사가 되는 법인데, 그의 아픔은 왜 쓸쓸한 정겨움을 만드는가.

> 첫 버스에 꽃 달아 보내고 온종일
> 동네가 회관에서 잔치 벌이다가
> 땅거미 헤치고 막차가 들어오자
> 모두 나가 박수치며 환호했다

—「군내 버스 개통」 부분

산토끼 잡으러 가서 산그늘 담아오던 마을.

스물일곱 가구 일흔 명이니 이웃집 숟가락 숫자까지 체크되는 지곡리 골짜기이다. 큰 비탈이 낮처럼 흰 음지를 지나 기도하러 가는 풍광이 으스스하게 서정적이다. 그런데 물리적 고립에 지치다 보면 대처와의 소통이 간곡해지니, 그게 일상의 허허로움이다.

그래서 마을버스 개통식에서는 지곡리 전체가 환호성이다. 손님이 없으면 그나마 간신히 뚫은 버스 노선이 끊길까봐 면장갑 준비해 기사 양반 손에 끼워주며 환심을 사야 한다. 첫날부터 빈 차로 가면 서운할까봐 네댓 명이 일부러 읍내까지 나갔다 오기도 한다. 그랬다. 전기가 처음 들어올 때처럼 지성으로 감격하는 것이다. 그 버스의 첫 출행 감회에 취하다가 술독에 빠진 박 서방 때문에 고추 모종이 송두리째 압사당할 뻔도 했다.

읍내 가게에서 슈퍼차 유행가가 울리면 흙손 털며 보소소 모여 들었었다. 그 슈퍼차가 타산이 안 맞아 발을 끊자 부식가게 트럭이 대타로 등장했다. '동태' '고등어' '콩나물' 외치는 새벽녘 마이크 소리, 그것마저 끊어질까봐 일부러 한 마리씩 사 주곤 했다.

> 날 가물어 일 못하던 날 밀린 빨래 들고
> 도랑골 메인 샘물 찾아갔다가
> 노깡 묻어 끌어쓰던 김동석 성도님이
> 그 물 아니면 못 산다고
> 제초제 벌컥 마시는 걸 보고
>
> ―「물이 목숨」 부분

조물주는 하필 착한 영혼들만 골라 가장 절박한 시험대를 던지곤 한다. 그 시험대에 걸린 승대는 자전거 타다가 트럭에 부딪쳐 백 바늘을 꿰맸다. 외로운 노총각 이헌규는 상냥한 아가씨의 전화기 목소리에 카드 번호를 불러주었다가 와장창 물 말아먹었으니 그게 보이스 피싱 사기 행각이다. 가혹하다. 못된 놈들은 왜 착한 사람만 골라 팔뚝에 칼을 긋고 생채기 속에 소금을 뿌리는가.

그런데도 친구들이 곁을 떠나는 게 가장 두렵단다. 마을을 단 한 번도 떠나본 적이 없는 이동주 성도의 자식들도 모두 민들레 홀씨처럼 대처로 떠났으니 가장 무서운 게 혼자 남는 것이다. 깔깔거리고 웃다가도 죽은 아들 얼굴이 떠올라 억장이 무너지는 민초 할머니의 초상은 어떠한가. 시인은, 먼저 하늘나라에 갔으니 훗날 다시 만날 거라고, 억장을 누르고 위로한다. 이 방에서 나가면 다른 방이 있듯이 하늘나라에도 지상의 벗들 모아 밀짚방석과 오순도순 감자 먹는 풍경이 있을까.

어린 세 식구 버리고 떠났다가 다시 돌아와 어린 자식의 책가방 찢은 아버지도 보인다. 몸이 아파 일제시대 징용에도 빠졌지만 그 후 여든여섯까지 가난하게 살다가 세상을 떠난 이복성 할아버지에 대한 깊은 찬양도 뿌옇게 드러난다. 쥐약 넣은 아이스케키 먹고 자녀 셋이 한꺼번에 죽은 김향숙 집사네 시어머니 사연을 들으면 마파람도 슬레트 지붕 위에 멈춰 조용히 숨을 내린다. 그미는 오늘도 술 취한 채 사모곡 부르는 가스장수 남편을 싣고 집으로 들어가는 중이다.

46년간 혼자만 다독였던 이창주 할아버지의 평토장 사연은 분단민족의 아픈 역사다. 일제 말기에 만주로 떠나 민족해방의 꿈을 꾸었다가 동족상잔의 틈바구니에서 날개 잘린 꿀벌의 몸이 되었던가. 방구들에 숨어 살다가 29세에 목을 매었지만 후손들은 하수상한 세태만 탓하며 핏줄의 존재조차 드러내지 못한다. 부끄럽다. 분단조국이 부끄럽고 꺼낼 수 없는 가족사가 아프다. 그러거나 말거나 계절이 순환되고 세월은 흐르는데,

뭐니뭐니해도 돈 되는 고추는

크기도 한 것이 덤탱이로 열려

끝머리에서 또 첫머리로

다람쥐 쳇바퀴 돌듯 돌아가야 한다

—「풍년」 부분

기도하고 시를 쓰며 농작물 가꾸는 것이다.

논에는 그네들을 꼭 닮은 벼이삭 행진이 고갱이 깊숙이 차오른다. 참깨는 무릎부터 정수리까지 돈주머니 다닥다닥 찼고 솥단지 호박이 당차게 속뜸을 들이고 있다. 무꽃, 노란 배추꽃, 눈물꽃, 멍텅구리꽃 죄다 모아 행복한 공동체 만드는 중이다. 그러니까 작은 놈끼리 뭉쳐 살 수 있도록 끈을 이어주는 것이다. 도대체 무엇이 그의 몸을 송두리째 비워놓고도 평온하게 만드는가. 그는 자신이 '큰 바위 얼굴'인 줄 까맣게 모른다.

안산 올라가는 언덕길은 응달이라

겨우내내 좋은 썰매장이 될 것 같지만

눈 속에 숨어있는 밤송이 때문에

군침만 삼키고 만다, 아래서 쳐다보며

—「눈썰매장」 부분

사방이 눈으로 둘러써인 지곡리는 눈만 오면 여기저기 눈썰매장 놀이터가 펼쳐진다. 비료포대에 짚을 반 토매 넣어 한 아름 안고 한참을

190

달리며 뱅글뱅글 묘기 부리는 악동도 있다. 가끔씩 시키면 승용차가 올라오려다 뒷걸음칠 땐 환호성도 지르니, 그게 개구쟁이 행복이다. 그래도 너무 가난하다. 몸살 나도록 하우스에서 일한 품삯 2만 원이 호프집 오징어 두 마리 값이다.

방학 내내 함께 놀던 아이들이 학교에 가면 강아지 자매 방울이와 아롱이도 촐랑촐랑 붙어 간다. 아이들이 아무리 떼어내려고 발 굴러도 기어이 학교까지 따라간 것이다. 수업 끝나기를 기다렸다가 품에 안기니 아이들 가슴에 방울 털이 하얗게 묻는다.

"공부에 방해되니 제발 개 좀 데려가라."

전화로 사정사정하는 담임선생의 목소리가 영락없는 식물성 수채화 풍경 아닐까?

흙을 헤쳐 찾다가
보는 사람도 없고
날도 어둡고 하여
슬쩍 문지르고 돌아섰다
사흘 비가 내리고
맑게 개인 날
콩 싹이 소복이
소복이 솟았다

—「콩싹」 부분

황 집사는 마을 회관에 음료수를 돌린 다음 성도들에게 푸성귀 호

박잎을 손 크게 나눠준다. 답례로 식사 한 끼 대접하려니 이남수 집사는 청국장찌개 값도 안 받고 공짜로 보낸다. 그래서 사랑을 크게 나누는 그네들이 바로 예수다. 라면에 찬 밥 말아먹고 일터 찾아 골목길 떠나는 그가 필시 예수의 뒷모습이다. 그만큼 자란 손자를 둘씩이나 두고도 떠난 아들을 그리워하는 황 권사님도 대자연의 일부요, 우주의 질서다.

마찬가지다. 넘어지면서도 다리 없는 강아지 포근이까지 감싸 안는 이성규 신도처럼 모두 천사표 가족이다. 닭찜 구절판과 오징어 부침을 차려 공복의 할머니들을 모신 송지영 집사님도 그렇다. 천안-논산고속도로에서 배수 구조물을 설치하는 노일선 집사님이나, 새 이불에 사흘 내리 오줌을 싸는 사내를 위해 산수유 달일 궁리만 하는 은혜 엄마는 어떠한가. 직업 훈련소에서조차 번번이 퇴짜 맞는 날품팔이 이헌규 성도까지 함께 가는 도정 모두 목자가 거두어야 할 운명 공동체이다. 그렇게 운동화 끈 조이며 비탈길 올라 사람의 냄새를 뿌리는 것이다. 감자와 물로 끼니를 때우며 어둠의 일부가 되기도 하고.

> 나무뿌리가 엉기성기 드러나듯
> 험한 세상 이 악물고 사느라
> 이빨 뿌리 훤히 드러난 틈새에
> 이쑤시개 깊이 써야 한다
>
> —「등산로 나무」 부분

그러나 때로는 삶이 칠흑처럼 어두우니, 백수 남편에게 매 맞으며 두

아이 다 키우고 허물 벗듯 이혼하는 그미가 그렇다. 여섯 살 영규 돌
보는 일로 다투다 엄마는 농약병 벌컥벌컥 모진 세상까지 다 마셔버렸
다. 장홍배 님의 부인은 착한 마음으로 책임지려 했던 보증금 한 방에
날리고 평생을 헤맨다. 그 아픈 자투리 오려서 누더기 기우며 새순 틔
우는 사연들, 그 속살 찢어진 자리로 세월의 새 살 붙이며 조마조마 손
을 내민다. 손때에 껍질이 반들반들 막히며 가슴 조여 계단 오르는 달
팽이를 떠올려보라.

> 기숙사엔 밤늦도록 신학을 불 밝혔고
> 우리는 광야에서 섣부른 소리 외치려 해도
> 키에르키고르 폴 틸리히 신학의 꽃 포스트모더니즘
> 한국적 목회신학 창조질서의 보존 외치며
> 교수님들은 우리 뒷덜미를 잡아 앉히셨습니다
>
> ─「홈 커밍데이」부분

"여기가 아빠 공부하던 방이야."
모두들 어떻게 견뎌왔을까.
장년의 그가 민들레 홀씨 피우려던 젊은 벗들의 추억을 당겨보며 북
받치게 가슴 여미지만 아들내미는 뻘쭘할 뿐이다. 미친 세상 한복판에
서 맨 정신으로 상봉 잔치 벌이는 것을 기적이라 여긴다. 그러나 없다.
이제 청춘의 실체는 선명하게 사라졌다. 세례요한이 된 근용이 형, 아
이슬란드 오로라처럼 솟구치던 동철이, 갈라파고스 거북이처럼 외로
운 철갑 사내 태궁이 그리고 '신에게 솔직히'를 가르치던 홍 교수님도

없다. 세상이 여전히 아름답지 않으므로 남은 자의 어깨가 무거운 것이다.

> 우리는 소득 없이 물러났다
> 비정규직 전원에게 162억원을 물어내고
> 70여 명을 경찰에 고소 고발해놓고
> 경찰 강제 진압이 무서워서가 아니다
> 단지 정규직 동료들의 개표 결과가 무서워서였다
>
> ──「비정규직 파업 농성」 부분

마침내 골리앗 시국과 정면으로 맞대결하는 장엄한 스크린이다. 스크럼을 짜고 거리로 뛰쳐나왔고 최루탄이 터지면 화염병으로 맞불 놓으며 '세상의 아픔을 목자의 기쁨'으로 바꾸고자 치열하게 싸웠다. 리비아의 가다피나 아메리카의 부시 그리고 80년도의 광주항쟁이 모두 그 연장선이다.

그리고 나는 가끔 그의 속을 넘보려 한다.

만약에 우리들이 승자(勝者)의 세상에 서게 되는 날이 있다면 과연 몰락한 독재자를 용서할 수 있을까. 그는 아마도 동생을 죽인 카인의 답변을 올려놓을 것이다.

"나를 만나자마자 나부터 죽이겠나이다."

아, 속죄란 무엇이고 용서란 제발 무엇인가.

> 전화 왔다고 수시로 울리는 진동 후 벨소리도 없고

한밤중에 문자 왔다는 삐용·삐용 단음도 없고

늘 넣고 다녀야 하는 바지주머니 중량감과 압박감도 없고

습관처럼 몇 시인가 알아보는 쫓김도 없이

―「두지도의 황제」 부분

어느 선거철 즈음이었던 것 같다.

아주 모처럼 전화로 안부를 물었더니 무인도란다. 밀물이 몰아치면 마당에 숭어 떼 몰려들어 팔딱팔딱 뛰어오르는 원산도 어디쯤이라나. 지금은 장화 신고 뻘 사이를 건너다니는 장년의 부부가 사는 섬이 되었다. 아내 박명옥 님이 몸이 아파서 원래 친정이었던 두지도로 임시 거처를 정한 것이다.

어린 시절 함께 살았던 아내의 이웃들은 모두 육지로 떠났고 이제는 무인도가 된 섬에서 두 해를 지냈다. 외롭지 않다. 오히려 처음 받는 외로움의 홀가분함을 행복으로 받아들인다. 씨암탉은 정한 둥지에 알을 낳았지만 오리는 아무데나 알을 빠뜨리므로 고샅고샅 찾아다닐 수 있는 자유의 세월이다. 고양이와 개가 안고뒤잽이로 뒹굴고 밀물 따라 날갯짓하던 갈매기가 마당 끝까지 마실을 온다.

유일한 소통 수단인 핸드폰을 잃어버렸다가, 뻘밭에 반쯤 묻힌 물건을 발견하곤 '아싸' 이마를 때리기도 한다. 이제 완죠니 고립된 섬이다. 유일한 외부 소통수단이었던 쇠붙이가 사라졌으므로 묶인 고삐 풀린 듯 자유의 몸이 되었다. 원시인이 되어 자가 치료법을 개발한다. 병 걸린 암소를 낙지 세 마리로 재생시키듯.

이번에는 곤파스가 몰아치니 원시 태풍이다. 꼭대기 밭까지 둘러싼

대나무가 부푼 빵 반죽이 되어버렸으니 슬레트건 창고건 모두 태풍의 전리품이 되어버렸다. 그 바람에 한가하게 박하지 잡는 평안도 누렸으니 웃음과 눈물은 시계추처럼 돌고 도는 것이다. 지붕이 날아갔지만 암탉은 여전히 땅을 파고 감나무 찢겨진 잎 사이로 새순도 돋고 닭집 이층에 세 들어 살던 토끼는 또 새끼를 잉태하며 모성애 깊은 어미로 성장하지 않던가.

> 저걸 뜯어 언제 바구니를 채우나 싶어
> 나뭇가지로 그늘진 음지에
> 검푸른 것이 금방 한줌에 차는
> 쑥다운 쑥을 뜯으러 갔다
>
> ―「쑥떡」 부분

그도 초로의 문턱이다.

이제 그니의 삶도 수평선처럼 높낮이 없는 세상에서 푹씬 파묻히길 바란다. 경기도 이천으로 정착 이후, '아내와 쑥 뜯는 날'처럼 그렇게 찢긴 상처에 새순 심어주며 살았으면 좋겠다. 향기 있는 양지의 쑥과 더부룩한 음지의 쑥이 수평선을 이루며 그니의 마음이 더욱 넉넉해지기를 감히 빌어본다. 벚나무 둥치의 엉덩이 뿔을 잘라주면서 어디 한번 마음 놓고 웃어보라. 그렇게 '지상의 평화와 생명붙이의 사랑' 그리고 젊은 벗들의 성장을 기도하는 것이다. 후미진 자리 찾아 씨 뿌리는 그니, 눈물겹고 눈부시다.

흥부 시인 이순이,
거시담론과 미시담론

산허리에 잠깐

갓 붉은 뺨 가신 그 꽃

서른이 훨씬 지나서야

처음으로 보았네

— 「구면」 전문

그는 난관 많은 페미니스트다.

국밥과 희망 그리고 차별 없는 둥근 밥상을 꿈꾸지만 당연히 마음대로 되지 않는다. 아침에 눈을 뜨면 아크로폴리스 언덕에서 사구체(사회구성체) 격론의 일과를 보내다가 저물녘엔 수확의 밧줄을 당기는 공동체를 꿈꾸지만 일상의 벽은 높고 험하다.

그렇다. 너무 멀다. 꿈꾸던 이상은 구체성 앞에서 수시로 벼랑을 만나니 그게 유목과 노마디즘을 지향하는 디지털 시대 현모양처의 실상이다. 지금도 그는 '루카치의 별'을 향해 울컥 독설을 날리다가 도마 위에 두부를 써는 '이상과 현실'이라는 이중적 에너지를 먹고 사는 중이다.

> 매트리스여! 나와 그대 언젠가는
> 삐걱거리고 낡고 닳아 더 이상 무엇이 아닐지니
> 나무의 네 귀퉁이여, 아귀다툼이여, 목관의 몸이여
> 그때까지는 내게 자장가를 불러다오
>
> —「목관표」부분

여자는, 아내는, 어머니는, 진보의 플래카드를 장롱에 넣기 전에 피붙이 아이를 재워야 하루가 마무리된다. 마찬가지이다. 매트리스에 푹신 몸을 삭혔다가 기지개 펴며 일어나 젖내 나는 글을 쓰고 싶은데 일상의 쳇바퀴가 가없이 이어진다. 언제부터였나. 스크린 집중 시간이 많아진 것은 질곡의 일상을 필름으로 추억하려는 의도다. 그래서 연륜의 굴곡이란 자칫 주체적 갈망의 좌절로 이어지기도 한다. 초조하다. 그렇게 타자에 대한 배려가 장맛비처럼 지루할 즈음 시인은 격정 진한 실루엣을 드러내기도 한다.

> 때로는 길에서 울었다
> 꽃을 자꾸 돌아보았다
> 알면서 가고 모르면서 가는

길 위에서

—「꽃이 질 때」부분

꽃잎의 숨소리 들으며 아쉬운 청춘을 보내는 중이다. 밭고랑마다 소리 없이 잦아지는 흔한 장삼이사 꽃잎을 마음의 눈으로 보는 것이다. 시인의 눈엔 모든 생명의 탄생과 죽음이 귀하지 않은 것이 없다. 그 사이에 떨어지는 꽃잎을 보며 아이 속살을 찾아낸다. 중년의 그는 그렇게 신산고초를 편안하게 껴안지는 못하지만 어지간히 몸에 익었음을 체득한다. 하얗게 부서지는 밤바다 풍경들도 순식간에 끌어안고 '잠깐만!' 하는 사이에 사라지는 '가는 사랑'들도 재빨리 낚아챌 뿐이다. 어둡고 각박할 때 아름다움이 더욱 선명하게 보이는 것이다.

그런 기교가 너에겐 없다
그렇게 가늘지 못하다
그렇게 약삭빠르지 않다
물방울, 온 몸으로
천만 년 받아낼 뿐
천지(天地)간에 천치같이

—「바위」전문

캠퍼스 문청 시절의 한때 '진솔한 글을 쓰겠다'는 습작 청년은 민족 문학논쟁의 회오리 상처 과정을 거치다가 신경림, 허수경, 김승희의 시를 접하면서 알토란처럼 무르익을 뻗하기도 했다. 그러다가 격동의 세월 90년대 초 교단에 서면서 겁도 없이 전교조에 가입하고 착한 사내 성황진과 짝을 맺는다. 그게 평생의 행복인 동시에 늪이 되는 것이다.

반지하 10평에서 미혼의 삶을 정리하며 시를 쓰듯 청첩장 문구를 다듬으며 둥지를 튼다. 일단 진보의 선남선녀들이 가장 적절한 짝을 만난 것이다. 다리미질 날 세운 바지의 각으로 식솔들 무장시키며 양 손톱 세우고 검은 천마다 정교한 방점을 찍는다. 거리에 뒹구는 푸른 기호들 읽을 틈 없이 더듬더듬 살림을 장만하고 아이를 키우며 학교와 집안 그리고 전교조 사무실을 전전한다. 그러다가 순간적으로,

'아차, 문학은?'

화들짝 놀란 가슴 다독이기도 하지만 여전히 살림 채우는 '여자의 역할'에서 벗어나기 힘들다.

> 먹으려면 한참
> 살구꽃 한 점 지고 있다
> 언제 열리나
> 사과꽃 한 다라 피었다
>
> ―「입덧」 부분

열매를 따면 숨을 돌릴 것 같은데 풋것들은 꽃 파편 청춘에 취해 있다. 안타깝게 기다리기만 하는 시인의 가슴은 부글부글 끓고 있다. 컴퓨터와 분필을 끌고 엘리베이터 거울에 비춰진 자화상을 마주치며 '걱정 마' 가슴을 쓸어안는다. 현관을 열면 산더미처럼 쏟아지는 가사 노동들. 그 속에서 가엾이 파헤치는 기다림의 화두는 무엇일까. 이 도

약의 자본주의 시대에 '함께 걷는 길'의 의미는 제발 무엇일까.

주저앉고 싶을 때마다 열 손가락이 그렇게 가슴을 쓰다듬으며 일으켜 세우는 것이다. 손톱에 찔린 가시 한 개에 온 신경 곤두세우다 다시 원고지를 잡는다. 일상을 탈피하려 할 때 그건 이미 일상을 벗어나지 못함을 의미한다. 그러니까 세월은 만사의 사연을 다독다독 덮으며 잊으라고 달랜다. 나중의 어느 날, 우연히 뚜껑을 열었더니 예전의 사연이 말똥말똥 남아 있더란다. 옳은 말을 하는 건 실제 옳은 삶과는 내용이 다르다,며 설레설레 도리질 친다. 그러다가 어느덧 장년에 이르렀다. 이제 조금씩 여유와 틈새를 바라볼 수 있을 것 같다.

그의 이상적 로망은 무엇일까. 붉은 여자애와 취한 사내, 비틀거리는 미량포구를 관조하는 눈일까. 아니면 어울리는 옷 한 벌 찾지 못한 채 갈구하는 사념 덩어리일까. 바다로 떨어지는 나뭇잎 스냅을 낚아채는 까마중 눈빛이나 비에 젖은 벗들 빈 어깨 쓰다듬는 시인의 초점일지도 모른다.

근 한 달
석등 옆 천년 묵은 백일홍 붉다

내가 석등이라면 기진맥진할 거다

한 천 년
백일홍 석등 옆에서 정신 놓았다

나라면 네 사랑이 지긋지긋할 거다

—「지긋지긋한 사랑」 전문

흐린 날에도 추사고택은 늘 가까이 있다.

화순옹주 홍문(紅門) 앞에서 침잠하다 마침내 갈참나무 숲에서 빠져나온 저녁 연기와 아주 잠깐 합체한다. 풀벌레 소리에 귀를 모으며 『나의 라임오렌지 나무』의 '제제'처럼 묵언으로 삭이는 것이다. 흐벅진 군살을 견딜 수 없으므로 책과 승부를 벌이기도 한다. 벤야민이나 박태원, 전태일, 김훈의 「언니의 폐경」이나 고미숙의 『연애와 호모 에로스』에서 이맛살 맞댄다. 지금도 공간을 만들기 위해 닦고 조이고 기름 치며 광택을 문지른다.

저는 먼 나라 여인처럼 강가에 서서 가끔씩 생각합니다. 조선조
허난설헌이라는 의심많던 여자를 간단하게 묘사할 수 없었던
우기의 날들을, 갯벌 진흙 속 수만 마리 게들의 속살을,
꽃게탕에 이르러서 찢겨지고 벗겨지는 사지를

—「그 여자의 노래 1」 부분

진보 진영 사내들이 자칫 그렇듯 바깥에서 헌신적 일상을 뿌리다가 정작 집안에서는 소파에 묻혀 쓰러지기도 한다. 술판의 담배꽁초를 손수건에 얌전하게 싸가지고 오면 결국 그 처리는 아내의 몫이 되니 그게 가부장적 좌파다. 하지만 시인은 사내를 오히려 안쓰러워한다. '마음의 눈'을 바꾸는 것이다. 한 천년쯤 남자가 차려놓은 밥상으로 왕후

처럼 앉은 채 얻어먹고 싶지만 세상이 그를 놔두지 않으므로 그미의 생존 방식을 바꾼 것이다. 둥지 튼 선남선녀의 의사소통과 질곡 그게 「여자의 노래」 시리즈다.

> 강물처럼 순하게 살고 싶었습니다
> 한 뙈기 밭 곁에 해마다 돋는
> 쇠뜨기 풀같은 어머니의 노동과
> 순한 아이들 먹빛 눈빛 두 팔로 안으며
>
> ―「괜찮지요」 부분

어머니는, 사춘기 때부터 홀로 그를 키워낸 '한국의 여인'이다. 그미는 지금도 장성한 딸에게 밥 굶지 말고 아이들 잘 가르치라고 노심초사 중이다. 그래서 장독대나 아궁이, 빨래터에 불쑥불쑥 모친의 후광으로 단단해지는 '감자알 스승'의 길을 걷는 것이다. 그래봤자 시인은 핸드폰 메시지로 딱 한번 '사랑한다'를 전했을 뿐이다. '사랑한다'는 말이 나오는 순간 거짓이 된다는 불안감 때문에 문자 메시지를 띄웠을 것이다.

> 계단 오르며 어떻게 살아가야 하는지 먼 산 바라보며 어디선가
> 소쩍새 울고 실업계 아이들처럼 바스락 바스락 누렇게 말라가고
>
> ―「유고 시집」 부분

시집이란 게 자칫 그렇다. 정신적 풍요의 임기가 끝나면 그냥 전화

받침대나 기우는 장롱의 균형 세워주는 틈새 메우기 물건으로 잦아지기도 한다. 그가 수업 종소리에 마시던 녹차 컵 덮을 것을 찾다가 깜빡 빼낸 게 망자 이규황 시집이다.

이규황 시인은 전교조 오산지회장이었고 철인의 표정을 가진 근육질 사내였다. 대학 시절 시화전에서 함께 액자를 걸을 때에도 가장 늦게까지 몸으로 때워 짐을 정리했고 졸업 후 전교조 집회에서도 최루탄을 피하지 않고 동지들의 퇴로를 만들어주던 사내다. 그렇게 만날 때마다 강철 미소를 씨익 짓던 선배 시인이 어느 날 간이 시커멓게 썩으며 세상을 떠난 것이다.

변혁을 꿈꾸던 벗들이 그렇듯 허망하게 수도 없이 떠났다. 청춘을 용광로처럼 불태우다가 홀연히 떠난 벗들, 그게 이순덕이요, 정영상이요, 신용길, 남광균, 배주영 동지다. 참교육의 벗들에겐 왜 그렇게 위암이나 췌장암, 담낭암 세포들이 시도 때도 없이 도깨비밥풀처럼 달라붙는 것일까. 문단의 이문구 선생님이나 윤중호, 박영근 시인도 마찬가지다. 그 밥풀떼기들을 덥석 끌어안고 하늘 가까이 올라가라는 의미일까.

　　우리는 갈퀴 같이 뻗은 어둠이
　　언제 어떻게 끝날지 모른다 그 대단한 껍질을 모른다

　　눅눅한 우기(雨期)가 심심하면 우리 곁에 찾아왔으나
　　그것은 우리의 일상이었을 뿐 너는 우산을 받고 돌아섰다
　　　　　　　　　　　　　　　　　　　　　　　　　—「우기」 부분

그러나 교실 풍경은 마땅하게 흘러가는가.

아이들이 가장 빨리 자본에 익숙해졌다. 아니, 모태 자본화 체질로 굳어 버렸다. 중간고사 후 자투리 시간 흘러간 흑백 사진과 함께 아이들과 어우러지려던 감회는 당연히 빗나간다. 인터넷과 스피드에 익숙한 제자들은 뜻 깊은 토로보다는 차라리 수업이 낫다고 아우성이다. 가정 방문 때, 라면 그릇 옆에 놓고 퍼질러 자기도 한다. 아이들이 그렇게 우쑥불쑥 커가니 모두들 감싸야 할 일이다.

이순이 시인.

그의 늦깎이 시집이 녹록치 않을 수도 있다. 사교계에 얼굴을 들이민 다음 책을 엮었으면 훔씬 편안했을 텐데 역학관계가 리얼한 문학동네에 적응하지 못한 인과응보일지도 모른다. 오히려 구경꾼들이 조마조마하지만 정작 시인은 쓰뭉하므로 한 마디 묻는다. 여전히 세상의 변혁에 몸을 던질 텐가, 밧줄을 쌍둥 자르고 창작에만 몰입하는 이기적 문학관에서 한판 붙어볼 텐가. 흥부 시인이여, 미안하다. 사랑의 날을 어떻게 벼릴 참인가.

꿈꾸는 유토피아,
이문복의 밥상

산뜻하고 화려한 나만의 창을 갖고 싶어요. 엄마의 집을 떠나온 나에
게 펼쳐진 세상은 늘 햇살 가득한 나날이어서 창문이 달린 집 따윈 필
요치도 않았어. 향기롭고 눈부신 날들이 모두 흘러간 후, 춥고 바람 부
는 거리에서 비로소 깨달았지. 내가 탕진해버린 모든 것들이 엄마에게
서 훔쳐온 것임을⋯⋯.

— 「엄마의 창(窓)」 부분

그가 내민 시집도 하필 페미니즘 풍광이다.

그러나 첫 시집의 등장에도 실제 상황의 바뀜은 없다. 아무 일도 일
어나지 않았다. 엄마는 여전히 들창 쪽으로 몸을 누인 채 양말을 깁는
중이어서 시인도 슬그머니 해진 양말을 집었을 뿐이다. 인연들이란 게
그렇듯 눈길조차 받지 못한 채 별리(別離)를 맞이하기도 하는데 마지

막까지 순간의 정황을 놓치지 않는 시인의 집념이 단단하다. 초로의 입구에서 「엄마의 창」으로 돌아온 시인의 감회는 그만큼 새롭다.

> 신열에 들떠 두둥실 흔들리면서
> 지리산 산 그림자 물에 어리는
> 먼 옛날 섬진강 나룻배 타고 건넜네
> 가을 노고단 억새풀 되어
>
> ―「천년의 노을」

그건 '밥상'으로 통칭되는 총체성이다.

그 일거리로 가장 가깝게 등장하는 소재는 당연히 '여자의 노동'이다. 그미들과 그렇게 "겨우 쌀 씻고 국 끓일 만큼 고단한 몸"부터 하루의 일상을 시작하기도 한다. 빈 방에 홋홋이 누워 늘어지게 아파보고 싶은데 문득 엄마의 칼도마 소리가 들리는 것이다. 할머니의 콩나물시루 물 주는 소리 너머 살구꽃 복사꽃 산도라지 보랏빛이 노을로 펼쳐지는 배경에서다. 아름답지 않다. 무거운 짐으로 덮인 채 오래도록 풋내음만 기다릴 뿐이다. 그리고 지금은 초로를 지나는 중이다.

그래서 이 땅의 '깨어있는 여성'은 헌신과 자긍 사이에서 시계추처럼 흔들리는 것이다. 특히 70~80년의 도정을 지낸 그미들은 '희생의 미덕과 박탈감' 사이에서 번민에 빠지는 것이다. 관성의 벽에 막힌 슬픈 사랑, 그것은 여성들에게는 '못 넘는 벽'이고 의식 있는 사내들조차 권위의 방패로 은근슬쩍 '안 넘는 벽'이다. 그 와중에도 사물에의 애틋함에 몰입하던 여성성들이 현실의 벽에 부딪쳐 부글부글 성깔을 드러내기도 한다.

수척해진 산나물들도 겨울 물살에 풀어놓으면 단내 나는 봄으로 되살아난다. 아직 풋내음은 돌아오지 않았지만 골짜기마다 시린 물 끌어올려 골다공증 관절을 세우느라 분주하다. 묵은 몸 풀어내는 방식이 저마다 따로 건재해 있으니 그게 연륜의 관조다. 저무는 퇴근길, 상호 이름을 추적하면서 청춘의 흔적을 더듬으면 절망도 달콤하다. 이순(耳順)의 도정에서는 그렇듯 슬픔의 언어도 품격을 갖춰야 한다.

> 개울가에 쪼그려앉은
> 작은 계집아이
> 물살에 실려 하염없이 떠가는
> 꽃 이파리 풀 이파리 보인다
>
> ―「엽서」

그 유년은 자맥질 중인 송사리 스크린에서 비롯된다. 지금은 조약돌로 가라앉았던 추억들이 불현듯 물푸레나무 새순으로 피어나 유년의 꽃잎 편지로 도착하는 것이다. 기실 아리고 시릴 틈새도 보이지 않는다. 그리움으로 만난 정한들은 순식간에 기억의 소용돌이에 사무친다. 무당벌레 닮은 엽서 한 장을 종이비행기처럼 날려 보내며 모처럼 호숫가 풍경을 되살리는 것이다. 지난하고 진하다.

많이 힘들었다는 뒷담화 소식도 대개 슬픔의 딱지다. 등짐 무거운 사람의 안부를 듣고 자신은 견딜만하다고 가까이 달래준 것도 미안하다. 그러니까 숲으로 난 작은 길을 찾아내는 시인의 눈이 중요하다.

그 길은 나루터에서 아주 잠깐 인생을 헤아려보던 간이역의 선명함과 상통한다. 그렇다. 100미터 달리기 운동장에서 무심히 스쳐가는 개미 구멍을 선명하게 낚아채는 자만이 가슴에 담는 시를 쓸 수 있다. 그 눈은 속도를 거부하며 진득하게 숙성시킨 채 타자의 아픔 속에 내가 들어가는 것이다.

> 시멘트 구멍 하나 얻기 위해
> 구겨진 꿈이 있다
> 저 불빛 하나 잡기 위해
> 저당 잡힌 날개가 있다
>
> —「꽃과 열매의 시간」 부분

시멘트 구멍에 불 지피고 된장 한 숟갈 뜨러 나간 차에 분꽃 한 송이 조우하는 그림이다. 아궁이 지필 때마다 바라보면 가슴이 싸— 하게 달아오르니 그게 "부지깽이에서 꽃이 피는" 이유다. 그 문장의 따스함으로 몸의 삭감(削減)을 채워주니 그는 천상 시인이다. 모두들 그렇게 종소리 울리는 계단에서 착한 백성으로 쉬고 싶어한다. 더러는 물속 그림자에 홀려 심부름도 까먹던 소녀로 남아 저물녘을 맞이하고 싶은 것이다. 그렇게 검은 상처도 그리워지는 초로의 몸을 세워보려 한다.

시인은 놓친 사연을 재생시키는 암호 해독자다.

그래서 고추밭 자드락길 따라가면서 잃어버린 옛 마을이 요술처럼 찾아내는 것이다. 이웃집 순이와 침쟁이 영감, 감나무 그늘 아래서 아이스케키통을 멘 소년이 '하드요, 달고 시원한 것'하며 손짓할 것 같다. 뭇 사람들이 잊은 기억들을 선명하게 복기시켜 이웃들에게 나눠주니 그게 시인의 업이요, 운명이다.

> 산 빛깔은 멀수록 그윽하고
> 골짜기 잡목들은 저저끔
> 제 빛깔로 물들다 어우러지니
> 가을이 거기 있음을 알겠다
>
> ―「가을은 거기 있었다」

진부하던 배경조차 시나브로 정이 든 옛 직장 3층 회의실 창밖이다. 그러니까 바깥에 나가지 않고 창틀만 뚫어지게 응시하는 것이다. 풍경을 뚫는 안광의 힘으로 개나리 꽃단장한 함석집도 되살아나고 빨랫줄 아기자기 펄럭이는 초록색 마당도 숨었던 그림처럼 불쑥 등장한다. 개발 팻말과 함께 파손된 자리에서 보리 이삭 밭두렁 잡아내어 기어이 푸르게 출렁이는 가슴이라니.

텃밭 감자의 내력은 이렇다.

분리수거 쓰레기통 옆에서 주워 온 놈을 쪼개서 심었으니 버려진 감자가 농사꾼 임자를 만나 싹을 틔우고 감자꽃 피워내는 셈이다. 탐스런 새끼들이 텃밭 푸른 대궁으로 불어났으니 지금 저 감자는 그때 버려진 감자의 손자뻘인 셈이다. 감자꽃 기다리며 사내와 아낙이 합체된 모습이 모처럼 싸―하게 화사하다. 그뿐인가. 김장 때 팽개친 배춧잎 무심히 들춰 곰삭은 홑잎 아래서 오그르르 돋아난 나싱개도 찾아낸다. 파릇한 봄풀 틈에서 알몸으로 늦추위 견뎌낸 겨우살이의 서러움도 캐어내야 한다. 그래서 배춧잎 이불로 겨울을 보낸 어린 속잎은 '냉이'가 아니라 '나싱개'라고 쓰는 게 맞다.

> 그해 겨울이 그리도 모질었음인가
> 온실 속 분재 화분에서 풀려나와
> 볕 바른 돌담장 아래 뿌리를 묻던
> 첫 봄, 진분홍 꽃 몇 송이 피우고는
>
> —「꿈꾸는 영산홍」

등장하는 꽃들은 죄다 은둔성 생명붙이다.

쥐똥나무 그늘 벗어나 아주 작은 쑥갓 샛노란 꽃들이 등장하면서 소리 없는 뿌리내림을 확인시켜준다. 그 틈새에서 싹을 틔우며 울타리 햇볕 쪽으로 한사코 밀어내던 무수한 꽃대궁들이 죄다 그렇게 숨어 있다. 그 숨소리들이 딱히 시인만의 가슴에 혼자 담겨졌으므로 더욱 귀하다. 참외도 달콤한 것 넘치는 세상에서 하필 개똥참외만 그리워한다. 마찬가지다. 무수리 사과의 과육을 빠져나온 향에 취하니 가만히 있어도 우주가 되어 나만의 체취를 내뿜는 셈이다. 화사하게 피고 지는 복사꽃, 배꽃이 아니라 빛바랜 여생마저 '차별 받는 꽃'으로 이름 묶이니 그게 백일홍이란다.

그러나 세상의 군상들은 끊임없이 화려함을 추구한다. 개발의 굉음이 터지는 순간 아주 짧게 따뜻했던 유토피아가 쌩 – 날아가는 게 너무 당연하다. 바깥나들이에 나섰다가 사람 바퀴에 치여 헐떡이면서도 똑같은 일탈만 시도한다. 도심지 유리창마다 럭셔리한 상품들이 번뜩번뜩 위용을 드러내는데 결국 버려진 것들을 삼태기에 담는 것도 시인 혼자다. 지금 이 순간이 날마다 가장 젊은 몸이라며, 버림받은 것들에게 호오~ 호 곱은 손을 쥐어준다. 그래서 그는, 시인은 마이다스의 손이 필수품이다. 고무 다라나 플라스틱 화분에 핀 분꽃으로 온 골목을 어느새 비추려 한다. 곧바로 그 처연함에 생명을 불어넣어 이상과 현실의 간극을 채워주는 점액질로 살려내는 것이다.

> 집배원 아저씨
> 우편함에 물새가 둥지를 틀었어요
> 우편물은 돌담장 위에 놓아두세요
>
> —「물새와 우편함」 부분

그러나 디지털 시대의 우편함은 당연히 내용물이 아날로그 시대와 다르다. 편지나 무당벌레 엽서 대신 전기료 청구서나 청첩장만 쌓일 뿐이다. 전선에서 오는 편지 기다리는 앵두나무 처녀도 없고 서울 공장으로 떠난 누나가 연필심 침 발라가며 보낸 편지봉투도 당연히 없다. 더러는 눈물이 새똥처럼 딱딱하게 굳어 있기도 한다. 그래서 시인은 비 젖은 솜이불처럼 무거운 짐을 털며 작은 놈부터 건져내기 시작한다. 벌레 먹은 매듭을 사랑해야 하니 그게 존재의 화두다. 잡풀 속에 살던 개구리나 지렁이들이 집안 마당에 뛰어들면 권정생 생가처럼 정겨우리라.

그런 유토피아를 그려보는 것이다.

민들레 벌판과 개울가 그리고 버들피리 부는 아낙과 빨래하는 사내의 흐뭇한 풍경만 뿌옇게 바라보고 싶다. 앞치마 두른 남정네가 설거지 할 즈음 스카프 맨 여자는 베란다에서 화분을 닦고 있다. 함께 쌀 씻고 못질을 한 다음 화롯가에서 독서 삼매경이나 묵 내기 화투에 빠지는 한가로운 정경을 긴 세월 예언처럼 꿈꿔왔다. 그 품에 안겨 해가 중천에 뜰 때까지 늘어지게 자고 싶은 것이다. 그러나 보이지 않는다. 바람이 불지 않는데도 노란 풍선으로 매달았던 꿈들이 단칼에 사라진다.

   원판을 지니고 있다면 누구라도 가끔은 젊어질 수 있지요.
   사람들 얼굴에 이따금 나타나는 옛 모습, 수십 년 세월을 한꺼번에 뛰어넘는 놀라운 복원력, 평범한 얼굴도 때로는 아름다워지는 표정의 생명력, 그 단순한 비결을 설마 모르시나요.

—「성형외과」

한때 그는 폭정에 맞서는 전사의 길을 걸으려 했고, 또 실제로 스크럼의 중심에 서 있었다. 동지의 뼛가루를 강물에 뿌리며 미워하는 자는 끝까지 미워하겠노라, 이를 갈았다. 거품으로 떠오른 동지를 떠올리면서, 무엇을 아끼면서 살아남고 있는가에 대한 회한의 화두가 오래도록 지워내지 않았다. 그 화두처럼 해직교사 출신인 동시에 명퇴교사의 도정을 걸었다. 먼지 낀 탁자에서 루카치를 읽었고 게오르규의 문장에 몸을 담갔고 최루탄과 촛불 집회에서 목청 높여 시를 낭송했다.

그러나 결의와 좌절의 사이클에 몸을 실었던 기억은 이제 지척이면서도 까마득하다.

자본주의는 약진을 거듭했고 사람들은 훨씬 조급해졌다. 스마트폰이 터지지 않으면 집단 공황에 빠지면서 빨간 신호등 앞에서도 클랙슨을 빵빵 누른다. 민중들의 숨소리는 찌라시 언론들의 마법 속에 수렁으로 잦아들었다. 쏟아지는 공문서 처리에 눈코 뜰 새 없이 바쁘다가 감사 때마다 철퇴를 맞는 악몽에 시달린다. 꿈나무들은 예전보다 살얼음판 행보 중인데 매스컴들은 뻔한 상식들을 손바닥 엎듯 뒤집어놓는다. 분하지만 지금은 그냥 견디는 시국이다.

> 내 그리움은 다르거든
> 남편과 아들이 보지 못한 그 애의 풋풋하고 발랄했던 옛날,
> 아슬아슬 위태로웠던 순수함, 이루지 못했지만 아름다웠던 꿈과 이상을 나는 아니까
> 세월이, 현실이 흐려놓은 그 애의 원판을 나는 생생하게 기억하니까.
> ―「친구」

코 고는 남편 옆에서 마키아벨리즘을 읽다가 호프집에서 훔쳐낸 여인의 대화를 세상에 드러내니 그게 소설가 이문구 타법이다. 그러니까 사내와 아낙의 관계는 '길들임과 길들여짐'의 관계라는, 그의 폭로가 너무 자연스럽다. 밥상을 차려본 적이 없는 사내들도 밥상을 거부할 줄은 안다. 그미들은 비분강개와 합리화를 빨리 판단하며 다시 일상의 에너지를 저울질한다. 그건 해방 직후 출산된 아낙 특유의 허구적

풍자이자 눈물겨운 해학이다. 참고로 익살이 그냥 웃기기만 하는 희극이라면 해학은 민중적 생명성을 담보로 하니, 그의 문장은 후자다.

망자가 된 아낙에 대한 그 회한이 사내와 여인들은 성별마다 다르다. 사내들은 여전히 '젖은 손의 애처로움'에 젖어드니, 솔직히 말하면 그 센티멘털이란 '무수리 아내'에 대한 연민일 뿐이다. 된장찌개처럼 구수하면서도 입에 딱 맞는 음식 그리고 잘 빨아서 다린 와이셔츠나 생산해주던 현모양처가 망자로 변신했으니, 불편한 만큼 젖은 손이 그립기도 하리라. 거기까지가 천편일률의 신파다.

그러나 여자들은 다르다.

풋풋함과 발랄했던 몸이 본디 본향이었음을 선명하게 기억하는 것이다. 고무줄놀이나 사방치기로 폴짝폴짝 뛰던 종아리 추억도 아리고 시큰하다. 젊은 날의 위태롭던 사랑 놀음과 높이 날고 싶었던 '갈매기의 꿈'을 쌍동 잘라버린 석별들이 허망하다. 어느새 쇠한 몸으로 스러져간 그 '여자의 일생'들을 어떻게 서술해야 할까? 결국 시인이란 해결사가 아니라 의문의 끈을 제시만 할 뿐이다.

근디 이 여편네는 배달 나간 지가 원젠디 아직두 함흥차사여? 싼 맛에 쓰긴 한다만 속 터져 죽겠네, 죽었어. 장사두 안 되는디 요번 달까지만 쓰구 자르던지 히야지 원 부려먹기가 힘들어서⋯⋯ (궁시렁궁시렁)

수행비서 겸 기사가 뒷골목 식당 주인에게 퉁방구리 시비를 건 직후다. 여주인은 대충 비위를 맞추고 적당히 흘려버리는 식으로 접대했을 뿐이다. 심통의 순간을 모면한 다음 식당 주(主)는 다시 배달 종업원을 떠올리며, 여차하면 잘라버릴 궁리에 빠지니 그게 생존의 먹이사슬이다. 해답을 제시하지 않은 채 은근슬쩍 던진 반전이 속화된 실체이자, 해학적 비장미다.

그놈이 그놈 같아두 그게 아닌 겨
감나무 집 딸 좀 보라구 겉만 번드르헌 놈헌티 시집갔다가 오늘날
팔자가……
뚱딴지 같이 웬 팔자타령이랴? 선거허구 혼인허구 뭔 상관이라구?
상관이 왜 읎댜? 그게 다 사람 고르는 일이구 내 신세 맫기는 일인디
　　　　　　　　　　　　　　　　　　　　　　　—「노인정 난상토론」

선거판 위정자에 대한 공론 중이다.
경로당 노파들의 잦아졌던 에너지가 선거 얘기로 바뀌면서 순식간에 펄펄 살아난다. 순종과 페미니즘의 갈등이 쳇바퀴처럼 얽혔다가 화제가 선거판 스토리로 전환되는 순간 불쑥 힘이 솟는다. 단순 명쾌한 게 천상 그의 모습이다. 그렇다. 그는 짜릿한 절창을 피하면서 신랄한 주제의식을 예고한다. 디테일한 묘사, 비유, 상징, 허구, 비약을 거절하는 대신 통째로 비유하고 상징을 시도한다. 이야기를 추스르는 데 바쁘니 상징이나 비약이 끼어들 틈이 없는 것이다. 소외된 주변부에 포커스를 맞춘 다음 문단 전체를 한방에 털어내 버린다.
엑스트라들이 주류가 되는 끈을 찾아내는 것.
그게 시인의 주제의식이다. 혹자는 민중을 개, 돼지라고 오만한 속심을 토로하지만 그건 사물의 명암을 읽어내지 못하는 무지의 소치다.

그래서 군은 땅 헤치고 비로소 첫 시집을 상재하려는 노병의 눈매가 예사롭지 않다는 것이다. 할 말 있나?

작가의 객석

초판 1쇄 발행 • 2017년 4월 10일

지은이 • 강병철
펴낸이 • 황규관

펴낸곳 • 도서출판 삶창
출판등록 • 2010년 11월 30일 제2010-000168호
주소 • 04149 서울시 마포구 대흥로 84-6, 302호
전화 • 02-848-3097
팩스 • 02-848-3094
홈페이지 • www.samchang.or.kr

ⓒ강병철, 2017
ISBN 978-89-6655-076-0 03810